等價交換
Quid Pro Quo

維姬・葛朗特 Vicki Grant／著
柯清心／譯

致父親

——Robert B. Grant DFC，因為他一定會喜歡這本書。

致我的孩子

——Augustus、Teddy和Roo，因為他們也會喜歡這本書。

愛征服一切。

——V.G.

目錄

出場人物

西羅・麥克恩泰

安德・麥克恩泰

雅圖拉・梵瑪

鮑伯・琦斯林
康蘇拉・羅迪奎茲
拜隆・庫維里爾
崁多・朗金

第一章

揭發

充分揭露案情事實之行為

我十歲就開始上法學院了。我老愛這麼說，也挺享受人們用那種「這傢伙一定是某種天才」的眼神看我。

那倒是真的。

呃，好吧，應該說「算是」真的吧。

我的確十歲就開始上法學院了，但那是因為我們家付不起保母費，所以老媽拖著我去跟她上所有夜校的課。

我都快煩死了。你覺得數學課很無趣嗎？法學院才是無聊到爆。我不可以亂動，或老被提醒「看在老天分上，別發出任何聲音，西羅」。

我必須紋風不動坐在那裡，聽教授們喋喋不休的談論侵權、信託權利及「易碎頭殼」規則。（譯注：又稱「蛋殼頭蓋」規則，是侵權法的常見術語——若傷害種類可以預見，但由於受害方一些既有的特殊情況，導致無法預知的嚴重傷害，被告人仍須負起全部責任）。「易碎頭殼」聽起來雖然好玩，可是跟所有其他法律垃圾一樣無聊至極。

唯一比上課更糟的事，就是幫老媽準備考試。老媽會壓力破表，所以我只得一遍又一遍為她朗讀準備的問題。為了做好萬全準備，老媽會逼我陪她熬上兩夜。

還有學期報告。老媽簡直把我當成她的專屬圖書館奴隸。當她用兩根手指打著報告或——信不信由你——去外頭放風抽菸時，本人必須跑腿幫她借需要的十磅重厚書，或複印六千頁法規。

我若膽敢發牢騷，她就澈底翻臉，尖聲數落我不知好歹，忘恩負義！她寒窗苦讀還不都是為了我！好讓我——而不是她——過上更好的日子！

等等等等等等……

以前我會跟她吵。你要問我，我覺得對一個小孩來說，「更好的日子」就是打電玩或跟朋友鬼混，而不是在飄滿菸味的廚房裡熬到凌晨三點，陪老媽準備民事訴訟程序的考試。（難道她從沒聽說過，二手菸會對孩子嬌嫩的肺臟產生什麼影響嗎？）不過現在我不會跟她吵了。我痛恨法學院，可是若不是我在法學院待過三年，我將對詐欺、勒索或公平原則一無所知。

換言之，我就不會知道自己必須懂得哪些東西，才能救老媽一命了。

第二章

私生子

「無人之子」——非婚生子女

你需要一點背景資料。

我叫西羅・福來德・麥克恩泰，十四歲。老媽的法定名字是安德莉雅・露絲・麥克恩泰，可是大家都叫她安德。安德二十九歲。

我想，你現在一定在算數。

挺糟糕的，是吧？

老媽懷我時離家出走，流浪街頭，這樣已足夠嚇壞她的父母了。大多數青少年大概做到這個地步就稱心了，可是安德真心想羞辱她爸媽，便為這名父不詳的孩子取名叫西羅，然後再加上福來德這菜市場名字，讓她父母澈底抓狂。那些都是窮人的名字，是那些沒上過什麼學，不懂得托馬斯、亞當或道格拉斯這些名字會更恰當的人所取的名字，而不是麥克恩泰這樣的「好人家」會用的名諱。

我對外公、外婆只知道這麼多了，也許他們很糟糕，誰曉得呢？但我覺得他們對名字還是有點概念的。

我身高五呎一吋（約一五五公分），在狂吃猛喝後，可重到九十二磅（約四十一公斤）。各位若無法想像我的模樣，我可以稍微給點暗示：很可悲。

排骨人。

竹竿。

火柴棒。

這些綽號我都聽過，但願到了青春期，本人的狀況會有所改善，但我不能全指望它。就女人來說，安德的身高似乎算正常，所以從她身上根本找不出線索，而且老媽要嘛不肯告訴我，要不就是她根本不曉得我爸是誰。他可能是個骨瘦如柴的傢伙，老媽可憐他，陪他一晚，所以我只能長這麼高了。或許他是個令老媽迷戀的六呎三吋（約一百九十公分）的肌肉男，那就還有希望。我想再過兩三年，我就能知道答案了。

關於我父親，我僅知道他三件事。他是白人，男（嘿，我又不是呆子，我的性教育分數還挺高的。），而且可能有對棕色眼眸。最後一項僅是我的猜測，安德是藍眼睛，我的是棕色。科學課上到遺傳學時，老師說，兩個藍眼睛的人通常不會生下棕色眼睛的小孩。老師沒提到任何關於頭髮的事，反正也沒幫助。我隱約記得，安德把頭髮弄成紫色的尖刺狀，但現在的髮色是……我也說不上來，我想應該是紅棕色吧，跟我的一樣。我們有相同的酒窩、雀斑，手顯然長得也一樣。就我看，我從父親身上得到的並不多。

沒得到半毛錢，這點是肯定的，安德獨力讓我們母子撐到了現在。

好吧，也不是百分之百都靠她自己啦。社區服務讓我們不再流浪街頭，但她是自己改頭換面的，這點功勞得歸她。安德不再吸毒，也不再喝酒了——如果偶爾喝點啤酒不算是喝酒的話。而且自從那次在社會救助檢查前一個星期，因為尿布用完而去偷尿布之後，她就沒再偷過東西了。（根據安德的說法，那不是她的錯，要怪都得怪我。其他小孩到那種年紀應該早就自己大小便了，這樣她也不必再偷東西了。我當時才兩歲半，就已經是幫凶了。）

安德抽菸抽得跟煙囪一樣，開起國罵活像個跑船的，而且吃一大堆垃圾食物。沒有人會相信一個靠漢堡和醬汁為生的人，可以保持得那麼苗條。我想，她脾氣老那麼暴躁，應該燒掉了很多卡路里吧。在安德眼中，大部分的人都很腦殘。（當然了，那並不是她的精確用語，安德通常會用一些……呃，這麼說吧，更狠辣生動的字眼。）她總是對人開炮，而我總是那個道歉善後的人。

那是她的缺點，安德自己很清楚，也很努力的「處理她的憤怒」。從我長記憶以來，老媽就一直非常憤怒，但她不是壞人，其實一旦拿掉她所有的不平，安德是相當善良的。她慷慨、仁慈而寬容——比大部分誇示自己「慷慨、仁慈與寬容」的人，都更好。她會在前一分鐘罵人腦殘，然後在下一分鐘把自己僅有的炸薯條送他們。

我愛她。

我想所有的孩子都愛他們的母親，因為大多數孩子並沒有那麼多不愛媽媽的理由。

第三章

LLB 法學學士學位的拉丁文縮寫

法學院很磨人，因此安德終於畢業時，我開心極了。

我坐在那裡看著盛大的畢業典禮，等待老媽被叫到名字。我的心臟噗咚噗咚的跳，彷彿我才是要走上臺的人。

我的意思是，我實在太開心了。

不是因為再也不會有愚蠢的考試和討厭的學費要付了，而是因為老媽做到了。她這個管不住嘴巴，還有個孩子要照顧的高中輟學生，竟然把法學院念完了。有些來自富裕家庭和私校的人都辦不到——但安德做到了。你必須承認這很了不起。

安德被叫到名字時，臉上笑開了花，當我看到法學院院長把文憑遞給她，並擁抱她時，我都快哭了（我不是在開玩笑）。那實在太神奇了，因為老是喋喋不休、抱怨東抱怨西的安德，這三年來已快把院長逼瘋了。

「白人男性教授太多了！」

「自助餐廳歧視狗主人！」

「女廁所的肥皂有礙環保……而且粉紅色也不對……會傷我的玉手！」

等等之類的。

安德總是「正義凜然」的挺身而出，你能想像出比正義魔人更討人厭的事嗎？我只是默默陷坐在椅子裡，假裝什麼事都沒有。但院長不能

坐視不管，他必須讀老媽的各種陳情書，與她的抗議團體會面——你知道的嘛，就是要表現出好像很在乎的樣子。所以他在畢業典禮上願意擁抱老媽，真的是太好了。這表示他至少了解老媽心地良善。

可惜典禮結束後的派對就有點難過了。老媽法律倫理學班上的鋼鐵直男，克萊格・本維很哈她，所以跟平時一樣纏在我媽身邊。珍妮・理查森又和安德說話了，但情形已不似以往。大部分年紀較大，自己也有家庭的學生，對安德還是很好，但其他人則受夠她了。他們跟她握手說：「祝妳好運。」但其實你知道他們心裡想著：能擺脫妳真好。

安德班上很多人要去多倫多或溫哥華或哈利法克斯海濱區的某高檔法律事務所工作。安德一再表示對那種事很反感，她才不會為了五斗米折腰，去幫「一群公司的蠢蛋工作，他們對法律唯一的興趣，就是看他們能從那些墮落的客戶身上榨出多少錢」，但我不太相信她的話。我覺得安德對於自己連一間大事務所的面試機會都沒有，令她非常不平。她最痛恨別人自認比她優秀。

至於我，只要她找到任何工作，我就很高興了。老媽的分數還行，但她一定不懂面試。我知道她跟「權威人士」在一起的狀況，尤其是那些握有她需要的東西的人。她會十分不屑，彷彿他們才是要求幫助的人。

雅圖拉・梵瑪大概不以為忤吧，她僱了安德當實習律師，也就是學徒的意思。每個人都得在一家律師事務所工作約一年，然後才能成為真正的律師。實習律師的薪水很低——尤其是雅圖拉的實習律師。

這不是雅圖拉的錯，因為現實就是如此。那些大型律師事務所賺很

多錢，因此給實習律師豐厚的薪資沒有問題。雅圖拉在鎮上的破落區開立了一人事務所，她的客戶都很窮，無法付太多給她，所以雅圖拉給安德的薪資也不高。但誰在乎呢？這比安德幫樓上鄰居照顧孩子的錢高多了。

其實雅圖拉還挺喜歡安德的，她是那種有話直說，面惡心善，即使別人覺得她的話並不中聽也無所謂的人。雅圖拉不太笑，但那不表示她人不好。

她總是把她兒子穿不下的衣服送我，甚至給我一件我超喜歡的湯米・希爾費格運動衫。後來安德逼我用曲棍球膠帶把品牌名稱遮住，因為她絕不允許她的孩子成為「大型跨國公司的活動廣告」。

安德就是這樣。

不可以穿名牌運動衫，但可以每晚吃麥當勞，好像麥當勞就不是大型跨國公司。安德就是喜歡他們的薯條，她覺得麥當勞比樓下杜貝炸魚店做得更優。

雅圖拉的社會意識也極強，但至少還算理性，人家還給孩子手機呢。（安德死都不肯買，我們倆都沒手機，安德堅信電話公司在監聽所有跟我的功課和個人衛生相關的精彩談話。）雅圖拉處理的多半是移民法的案子——即幫助新移民進入這個國家——但她幾乎承包了客戶遇到的所有法律問題。

這些移民的法律問題可多了，你很難相信他們的生活有多混亂。他們不是那種因為房產交易沒搞好，而互告索討大筆錢的人，他們會為了是否留下鬆餅機，而跟前男友起爭執。

或為了大廳地毯上的汙漬，而跟房東吵架。

或為了能在社福支票上多得十三塊錢，去跟政府力爭。

或希望有人能幫他們那得了腎臟病的孩子支付醫藥費。

就大多數人而言，那並不算大筆錢，但對他們來說卻是。這些人什麼都沒有。

我的意思是，他們一貧如洗。

你大概在想，我為何如此了解雅圖拉的客戶。

很簡單。

因為我老媽瘋了。

第四章

精神失常

法律術語，意為心智不健全

我是說真的。安德瘋了。

毫無疑問，她是神經病、瘋子。我很訝異她竟然還沒被關起來。

好吧，呃，她確實被關過，但那是另一回事，我稍後再談。

總之，我還以為去年夏天，會是有史以來最甜蜜的夏天。

我們這下終於「發了」，哈哈！安德想幫我找個保母，但我說服她，十二三歲太老了，不適合找保母。反正無論安德怎麼說，打死我都不會再去那個發臭的夏令營了，本大爺已經連去十年了。

相信我，這不是一件容易的事。安德非常偏執，通常她唯一讓我自

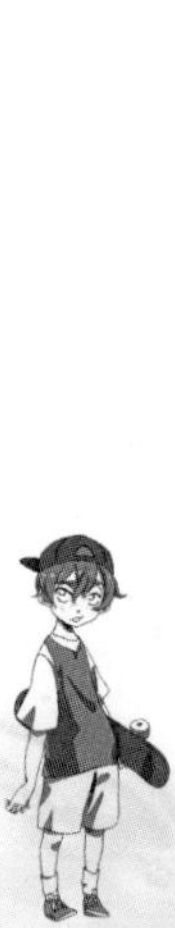

己做的事，就是去洗手間，而且她有半數時間會在洗手間門外徘徊。我不懂她是怎麼回事，彷若我離開她的視線一分鐘，就會開始吸毒或讓女生懷孕似的（最好是會啦！）。

反正她一定很高興要開始新工作了，或者她只是想嘗試不同的方式，開始講點道理，總之這次收效了。我一直抱怨、耍小脾氣、兩個星期不陪她打撲克牌，最後她終於屈服了。她給我訂了不下一百四十七條生活守則吧！有什麼關係？反正她同意讓我照顧自己一段時間。

我跟崁多．朗金在滑板場廝混，度過了生命中最美好的兩個星期，爽死我也。我終於學會豚跳了，打地旋轉動作也越來越棒了。我在做動作時，有個女生甚至「哇」的叫出聲來，像瑪莉．麥伊薩克這樣的女孩，通常不會對我這種矮個子做出回應。

後來安德發現，崁多並沒有如我說的，跟他老爸一起去蒙克頓過暑假，我的好日子就結束了。我不知道安德對崁多有什麼意見，反正她認為崁多會帶壞我。假如崁多真的只是想跟我玩滑板呢？那樣有犯法嗎？至少人家是滑板高手，至少人家在她那個年紀並沒有吸毒，也沒有跟不三不四的人鬼混（當然啦，除非安德覺得我是不三不四的人）。

崁多跟安德的事一時半會兒也說不完，我要說的是，由於某種瘋狂的理由（也就是說，安德瘋了），我再也不能去滑板場玩了。我得去雅圖拉的辦公室裡幫忙打雜。

當然是不支薪的。

所以我才會——雖然我極力假裝他們不存在——如此了解雅圖拉的那些客戶。

去年夏天，我幾乎全耗在這間髒亂到匪夷所思的辦公室裡。梵瑪事務所的招牌，是以膠布貼在門上的一片綠色西卡紙，這樣各位有點概念了吧？雖然雅圖拉的印刷體寫得非常工整，但還是很誇張！用馬克筆寫的招牌？第一印象就夠差了，牌子下竟還備注：「**請放低聲量！此地是律師事務所！**」這樣真的能讓人以為你聘請的是頂級法律顧問嗎？

不過我想，等客人走到樓上看到招牌後，便知道不能期待有一個鐘點要價三百元的律師了。首先，你從街上一走進來，便會聞到一股……怎麼說呢……像尿騷味或留在置物箱的鮪魚三明治的臭味，或死老鼠味。那味道臭得足以令我乾嘔，我在開門之前，總會先深吸一大口氣，然後衝到樓上辦公室。

總之，我的工作是接電話。至少那是正式職務，但本人真正的工作

是，別讓客戶打擾雅圖拉的工作。我坐在小小等候室的一張大木桌後方，木桌有隻腳以雞湯麵罐頭固定住。電話響後，我得盡量從客戶身上取得所有詳細資料，若事態緊急，便去敲雅圖拉的門，說有她的電話。如果事情不急，我就把對方的姓名和電話寫下來，並表示雅圖拉會稍後回電。

最初兩三天，每次電話響我就去敲雅圖拉的門，因為每個人都說他們的問題「非常非常非常緊急！」雅圖拉有點不高興。

「你是怎麼了，西羅？難道你看不出我很忙嗎？這不算緊急電話。把門關起來，拜託你以後動點腦筋。」

安德怒目瞪我，彷彿是我故意鬧雅圖拉搞出來的惡作劇。相信我，我有很多其他更想做的事——如果有人肯讓我去做的話。可惜安德或雅

圖拉似乎都未想到這點，所以我只能趁她們沒注意時翻白眼，然後開始寫留言。

等快要下班時，我的手都抽筋了。有時光寫一份留言，就得用掉十張粉紅色紙條。從來沒有一個人只會說：「我是黛蓮・祖維，我只是打話來問問我的離婚文件辦得怎麼樣。」向來都是關於他們這一輩子遇到的，長如裹腳布的所有倒楣事。他們會叨叨絮絮講個不停。「告訴雅圖拉，我真的今天就得知道我的訴請結果，因為費笛和我上星期又和好了，一切都非常美好，所以我叫雅圖拉暫時先別辦離婚手續。後來我收到我的救濟金支票了，呃，那筆錢能支付房租和所有東西，因為費笛和我是在三月出問題的……等一等，不對，不是三月，是二月。我想起來了，因為他戒了酒等等的，還有……你都有寫下來嗎？」

有啦有啦。

我只是照單全收把他們的話寫下來，讓雅圖拉自己決定什麼重要，什麼不重要。

我的耳朵沒貼著電話筒時，就得去應付等候室裡的客戶。那些人不管有沒有預約，反正都會跑來坐著乾等，等雅圖拉或安德空出時間跟他們說話。到了中午，等候室便會擠滿人，而且氣味很臭，每次我跑出去吃潛艇堡後回來時，那味道就像有人拿著用汗水做成的爆漿奶油派，往我臉上砸來一樣。難怪雅圖拉連一個接待員都留不住。

我不知道在安德佛心的主動提供本大爺的免費服務之前，雅圖拉是如何應付的，因為整個暑假的每一天，辦公室都是那個樣子。

等一等，不對，並不是。我怎麼會忘記？八月二十日，我生日那

天，幾乎沒有人來。那是我得過最棒的生日禮物——但那不是他們沒來煩我的原因。那一天，老舊的梅森會館著火燒毀了，有了大火和燒傷的人被推到救護車這些熱鬧可瞧時，個人的法律問題就顯得沒那麼迫切了。

不過就像我說的，辦公室裡通常很紛亂。有時我得調解爭執，誰坐最後一張椅子，該輪到誰看唯一一本的《時人》雜誌，不過通常我只需聆聽即可。

聆聽更多悲慘的故事。

聆聽更多客戶要求「立即！」見他們的律師！（這些人以為自己是老幾？）

有些人對自己的破英文感到歉然，有的人則是不斷對我喊叫，彷彿我只是假裝聽不懂韓文而已。

也會有學生跑來，也有藝術家，還有一個正在寫電影劇本，自以為比我們都了不起的傢伙。

然後還有一些神經病。

我不是指你罵老師或老媽發神經的那種神經病，這些人是真的瘋了，很恐怖的那種瘋子，他們會跟不在場的人說話，嚷嚷說賓拉登在窺伺他們，說自己是瑪丹娜的私人教練，還說要是雅圖拉沒有「現在立刻馬上！」處理他們跟社福部的問題，瑪丹娜一定會非常生氣。

安德和我晚上出去吃漢堡和薯條時，我總愛拿雅圖拉的客戶開玩笑。我覺得那樣很公平，因為這些人毀了我的暑假，至少我可以嘲笑他們一番吧。

當然了，安德會大發脾氣。你們真該聽聽她說的話，她會抿緊下唇，然後對我眯眼睛破口罵道：「你怎麼可以這樣？西羅・福來德・麥克恩泰！別人都可以，就你不可以那樣說他們！我教你的東西，一項都沒裝進你那笨重的腦殼裡嗎？你以為他們想當窮人？啊？是嗎？你以為他們想生病？或得精神病？或沒受教育？或被這個社會體系欺凌？啊？啊？快啊，回答我，西羅。回答我！」

她會澈底失控，等她講到自己以前如何被人看不起，十五歲就推著嬰兒車，連「照顧基本生活所需」的錢都不夠時，她嘴裡的食物早就噴得到處都是了。我知道千不該萬不該在她開罵時，開始哼起《森林王子》裡的歌，可是我從來都忍不住。於是以「你覺得這很好笑嗎？」為開頭的訓話就開始了，我知道她會再度開罵，直到店經理請她放低音量，或她必須去外頭抽菸時才會停止。

安德認為她的「庭訓」，是本人不再嘲笑雅圖拉客戶的原因。

這正顯示出老媽根本不了解我的生活。

第五章

殘忍

刻意造成他人痛苦

每次安德必須去法律圖書館，或到監獄與客戶會面時，雅圖拉便派我到滑板場附近跑些雜事。她會拿二十塊錢叫我去買包郵票或一盒釘書針，並說：「零錢你就留著吧。」然後擠擠眼走開，「如果不介意的話，請務必在你母親回來之前趕回來，我不想惹她生氣。」

因此我會請在場所有老客戶幫個忙，別把雅圖拉逼瘋，然後便溜之大吉了。我回公寓拿滑板，到陶朗尼小店買兩大瓶沙士，然後一路滑到公園。無論是星期幾或哪個時間，我總能在公園裡找到崁多。自從他出現在滑板場後，總有一群女生圍在那裡，但那只是巧合——至少她們努力裝成是巧合的樣子。

通常我會注意一下自己的頭髮別太亂，襯衫也穿整齊了，不過我覺得崁多壓根兒沒注意那些女生。我想一個人如果長到六呎高，生著他那張俊臉，就會習慣學校的校花們在你四周打轉了。

看到我出現，崁多說了聲「嘿」，但沒停下腳下的活。我滑到場上，兩人各自練功。他會做些超難的特技動作，我只是試著做，並盡量留在板子上。我們只有在覺得很熱時才停下來，然後在攀爬架旁的大樹上靠一會兒，喝點汽水，這時那堆女生就會過來了。

我知道她們全都只對崁多感興趣，可是管他的！我才不會白白浪費機會，不是所有女生都喜歡高大帥氣、酷酷的運動高手好嗎。第一，這種男生不多；第二，要是我們其貌不揚、身材五短的瘦小祖輩們無法把

到妹，那就不會有任何其貌不揚、身材五短的男生活在世上了。我們這類物種老早就滅絕啦！

於是我開始扯著嗓子，跟崁多講述那些雅圖拉辦公室裡，流連不去的魯蛇們的故事。聽到達琳和費笛在離婚後，為了誰該得到戰利品「唱歌的魚」而爭執不休，他哈哈笑了——於是所有女生也開始跟著大笑。我發現自己挺受歡迎的，不久她們全都倒向我，我還得哄她們三不五時給崁多多一點關注。我只須讓她們笑得夠久夠開心，這樣就不會有人注意到我的個子小得像吉娃娃了。

於是有一天，我跟崁多談到瑪姬・懷那特和她那智障的兒子托比。托比有三十歲了，老是吵著要去餵鴨子。我還以為崁多會覺得好笑，尤其我開始模仿托比那種哼哼唧唧的模樣時。我舔著脣，拍著腿說：「求求妳，媽媽，求求——妳！」多利安和艾利克斯笑到都快抽筋了，直到崁多說：「夠了吧？別再鬧了行嗎？」

我還以為自己很風趣，楞了一秒才發現崁多指的是我。女孩們火速斂住笑聲，害我覺得剛才她們的笑是自己幻想出來的。我被扔在原處，臉上掛著傻笑，阿米巴原蟲跟我一比，簡直像個天才。

我好像說了「對不起，」或「我只是在開玩笑而已。」之類的話，接著崁多好像說：「我不覺得這事有那麼好笑，托比很快樂，他喜歡餵鴨子，那又怎樣？」女孩們全都用憂愁的大眼睛望著崁多，我知道她們心裡在想，他不僅高大、英俊、矯健、酷帥——而且還很溫柔善良。

她們望向我，彷彿我剛剛把一隻小貓踹進來來往往的車陣裡。

我覺得自己很垃圾，無法相信自己如此人渣。豬才會去嘲笑托比！

可是崁多僅是把頭盔戴回去，像沒事人似的說道：「來吧，你到底要不要溜滑板？」我們又雙雙回去練動作了，之後他再也不提此事。

你知道最可悲的是什麼嗎？如果崁多回應了我的小笑話，我現在一定還在說托比的事。任何能博君一笑的事，是吧？

那也太可悲了。

第六章

任何人沒有控告自己的義務

法律原則。意指，沒有人非得說出任何表明自己有罪的證詞

約翰・休吉利斯依舊渾身臭味，而且還對於自己九月十七日晚上的行蹤撒謊。我還是挺怕埃里莫・希梅曼，老實講，我認為他最好進精神病院，別在街上晃蕩、對著不存在的人肆意尖叫，嚇壞在場的人。達琳和費笛照舊快把我逼瘋了，我根本不在乎他們到底要維持婚姻還是要離婚——只希望他們能下好決定，別再來煩我們了。

可是那回在滑板場被崁多嗆過之後，我對雅圖拉的其他客戶，就不再那麼嘴賤了。我倒不是想跟他們任何人在一起——也許路卡斯先生例

外，那個老傢伙相當有趣——但我喜歡以全心全意接受或乾脆不理的方式與他們相處。他們大部分人都很好，比我更好，那是肯定的。我的意思是，我對托比和瑪姬的事感到很愧疚，尤其有天他們拿著圓球甜甜圈來，送給每個人吃時。我知道他們根本沒錢——所以才會來找雅圖拉，讓政府能多給他們點錢——但他們還是花了四塊九毛八，買了一大包綜合圓球甜甜圈來，以免「他們法律事務所的朋友們挨餓」。更令我羞愧的是，我的第一個抽屜裡有一包軟糖，而我並不打算與別人分享。

安德發現我對客戶比較友善了，便說我暑假變「成熟」了，說話語氣彷彿自己是模範老媽似的——有她一份功勞——令我十分反感。我差點跟她講崁多的事，我真想看看，她若發現我是因為被她討厭的「崁多」鄙視後，才變成熟的，會有何種表情。可是我沒有傻到去跟她提，這樣安德就會知道雅圖拉讓我去玩滑板，知道我一直在騙她，知道我那個暑假有偷偷玩樂了一下。安德絕不會容許的。

因此我三緘其口。一切挺順利的，安德有份完美的工作（跟人吵架還有薪水拿）。我享有一些自由。我們有點小錢。

可惜花無百日紅。

第七章

瀆職

未能稱職的展現專業性勞務

有天晚上我們玩拼字遊戲，我雖然大勝安德，但她心情好得不得了。她剛剛參加新移民資源中心的正式開幕式，說是中心終於落成了，所以她才那麼開心，因為需要幫助的人終於有了去處，有人能幫他們了。

最好是啦。

如果只是這個原因，安德何必滔滔不絕的提到，中心的名譽主席親自接送她和雅圖拉，並安排她們坐在首桌。主席在他的小演說中，還指名道姓的對她表示感謝等等。

我來告訴你為什麼吧。

因為那給了她尊榮感，像重要人物，一位VIP貴賓（當然了，她本來就是VIP——very insane person超級瘋子）。你能想像安德在詹姆斯・默里翰及法學院班上其他那些自命不凡的白痴抵達典禮現場時，從主席的綠色BMW上走下來時，有多麼得意嗎？那一定是她這輩子最美好的事情之一。詹姆斯在大事務所上班，安德替雅圖拉工作，但坐著BMW來的人卻是她！人生至樂，莫甚於此。

我知道她心裡是那麼想的，我只是裝糊塗。我適時點頭，裝作感興趣的樣子——然後趁她沒料到時，把defunct這個字放到三倍分數的字格上。八十九分，而且還沒加上我把ax變成tax的那十分。安德縱然能坐到首桌，但拼字王乃本人無誤。

老媽笑容頓失，這下子她絕對追不上我的分數了，當然，除非她作弊。

她突然堅持要我立即去檢查信箱。

我知道唯有這樣，她才能偷看袋子裡還剩下哪些字母，我當場點破她的伎倆。安德立即擺出吃驚的樣子。

作弊？

我安德會作弊？

她說，她根本想都沒想過！她今天只是忘記檢查信箱而已，她得知道戰火截肢基金會（譯注：為傷殘兒童募款的機構。）是否把她的鑰匙寄回來了。

這下子換我笑不出來了。

我無法相信，安德又搞丟鑰匙了！她比小孩子還要糟糕，怎麼會散漫成那樣！她到底是怎麼了？一天到晚掉東西、忘東西，把我們的生活搞得亂七八糟。如果她啥都找不到，怎麼能當一位真正的律師？

我沒開玩笑，這是很嚴肅的，萬一律師掉了物證，或在期間內忘記把文件存檔，或缺席聽證會，她可能會遇上大麻煩，打輸官司，被告瀆職，有可能糟到被撤銷律師執照，再也無法擔任律師了。

我明知只是一串鑰匙，卻憂心不已。我不希望安德再把事情搞砸，不想再回頭讓她照顧我，搞得我老是不開心。

我不希望再回去過那種未婚小媽媽帶著拖油瓶的日子了。

我知道安德若看到我的臉，一定會知道我在想什麼，我一點也不想跟她吵。我拿起裝字母卡的小袋子——這樣她就不能挑出好用的字母了

——然後跑去查看信箱。

我一打開公寓門，嚇到差點沒把下巴掉了。我面前有個男生，他的手，就放在我家信箱裡。

第八章

損毀郵件

觸犯刑事訴訟法

這傢伙也許跟我一樣吃驚，但他只淡淡的說：「嘿，喂。」彷彿亂翻別人的郵件沒什麼大不了。

我問：「你在幹麼？」安德在廚房裡，所以我可以盡可能的粗聲粗氣。

他露出燦爛的笑容，我立即看出此人自認很有魅力。「噢，對不起啊，老弟。我只是想確定自己來對地方了。」他把戰火截肢基金會的信封遞給我，像似在幫我忙，然後說：「你的鑰匙搞丟啦？」

我翻著白眼，他真的以為他繼續講話，我就會忘記他想偷我們家郵件的事嗎？

我覺得是。

他繼續嘮嘮叨叨講道：「基金會提供這種小服務還挺棒的，對吧？你跟他們買個標籤掛到自己的鑰匙鍊上，萬一鑰匙搞丟，有人撿著，把它們扔在基金會的郵箱裡，戰火截肢基金會的人就會把鑰匙寄回給你！你可以拿回自己的鑰匙，又能幫助可憐的殘障者，何樂而不為，嗯？」

我搖頭輕哼一聲，表示覺得他很爛。「有沒有想過幫他們拍個廣告？」我諷刺道，「你一定是很棒的代言人。」

他聽了哈哈一笑，「其實我拍過。」他說，「我還沒自我介紹，我叫拜隆．庫維里爾。」

他伸出右手想跟我握手。

這時我才發現他沒有右手。

第九章 化名

假名、別名

他只剩一段垂軟發紫的殘肢，截到原本手腕之處，我能看到上面所有縫線留下的疤痕。我覺得自己渣到不行，就像當時嘲笑托比一樣。

反之，拜隆則樂不可支。「唉呀，不好意思。」他接著說，「我好像把手掌留在另一件夾克裡了。」接著他有意無意拿殘肢對著我戳，我往後跳開，惹得他更樂了。「你怕我會掐你還是怎樣呀？」呵呵。「我失去手指後，就不太能掐東西了。」

我勉強呵呵一笑，心想我得對他好一點，因為我剛才還譏笑人家可以去當代言人。拜隆說：「八婆在嗎？」

八婆？

「沒這人。」我說，「你找錯地方了。」謝天謝地。

「我應該沒找錯地方。」他說著對我露出亮麗的笑容。還有什麼會比一個自認為是搖滾明星的三十多歲男人更可悲的呢？

「呃……很抱歉。」我說，「這裡只住了我和我母親。」

「我知道。」他說，「我想跟她談一談，你乖啊——」

這人怎麼那麼討厭。

「——幫我把八婆找來。」

此時，我對嘲弄他當代言人的事，已沒有絲毫愧疚了，我只想擺脫這個垃圾。

「相信我，」我說，「這裡沒有八婆這個人。瞧——」

我轉身大喊，「八婆！喂，八——婆！有個先生來找妳啦！」我笑著回看拜隆，巴不得趕快瞧安德會怎樣對付他。

不用等太久，安德就從走廊飛奔而來，抓住我兩條臂膀，把我的臉埋到她頸窩裡。我可以感覺到她在發抖。

她低聲說：「你是怎麼找到這裡的，庫維里爾？」

第十章

威脅

以暴力或恫嚇，逼迫一個人從事或阻攔其做某件事

「有志者事竟成嘛，藍眼姑娘。」

噢，媽呀，拜隆正火力全開的放電，超噁的——而且效果為零。

「別叫我藍眼姑娘！」安德尖叫說，一小口飛沫濺在拜隆廉價的假皮夾克上。

「好啦，八婆。」

「別叫我八婆！」

拜隆聳聳肩，彷彿只是想努力討她歡心。

「那我就不確定該喊妳什麼了，達令。是安妮？安琪拉？安德雅？

麥克崁西？麥克李奧多？麥克恩泰？妳喜歡我怎麼喊？」

老媽火了，「我希望你○○※※ＸＸＸ的給我滾開這裡，然後ＸＸ＄＄○○離我和我○Ｘ※※ＸＸ的孩子遠遠的。如果再讓我看到你那張＃＃ＸＸＸ○○的醜臉，我就＄＄ＸＸ○○打電話報警。」

拜隆不為所動，只是垂眼瞄了自己的鞋子一秒，然後抬頭哈哈笑道：「唉，如果我是妳，我就不會那麼做。妳永遠猜不準，警察聽到做父母的在小孩面前講那種話，心裡會怎麼想——尤其像妳這種，呃，有案底的媽媽。」

安德的臉漲成醬紫色，我等她再次發飆，但安德良久沒吭半聲。接著她望著我，然後說道：「西羅，你回房間去，把收音機開大，門關起來。」

我都快瘋了，我想留下來弄明白後續的事。「噢，別這樣！」我說，但安德尖叫道：「現在就去！」我知道自己最好閉嘴乖乖照做。

我豎耳傾聽他們倆人談話，卻什麼都聽不到，尤其他們壓低了聲音，而我還得把音樂調得極響。我試圖用十一歲生日時得到的可悲間諜式小錄音機，錄下他們的聲音，可是電池沒電了。我想溜到走廊，卻被安德逮個正著，老天為證，我還以為她會當場宰掉我。

所以一直到現在，我還是搞不清楚他們彼此說些什麼，僅知道二十分鐘後，拜隆搬進了我的房間，而我則睡到沙發上。

第十一章

騷擾

以語言或行為，激怒、驚擾或凌虐另一個人

事態自此開始走下坡了。兩週之後，我開始讀八年級，拜隆從不離開公寓，安德老是心情不好。我在家時，她從不跟拜隆說半句話，但她每晚熬夜，嘶聲對他說話。我聽不見他們在說什麼，但從安德的口氣聽得出來，不是什麼好事。

安德的飲食狀況越來越糟，抽菸頻率越來越高了。也許是壓力的關係，但我覺得可能是她激怒拜隆的手段。如果她真是那樣打算的，我絕對百分之百支持她。拜隆是什麼人哪？就這樣搬來跟我們住，把我從房間趕出來——然後還開始抱怨二手菸，還有我們的飲食習慣不健康。

我們有求他待下來嗎？

我們會在乎他的想法嗎？

難道他來蹭吃蹭喝，我們反倒有錢吃得更好？

於是安德總是在他面前抽菸，以明其志——也就是說，「你可以隨時滾蛋。」當然了，如果她不再每晚幫他付外帶有機沙拉的錢，態度應該能表達得更明確，可是她會聽我的話嗎？

更慘的是，安德在雅圖拉那邊的工作也出狀況了，想來是因為她總跟拜隆吵到深夜。安德不太願意跟我談，我只能在她下班，跟她在辦公室會合時，得知一些零星的情況。有一天晚上——約莫在拜隆霸占本人房間的三個禮拜後——我去接安德到麥當勞吃飯時，聽到雅圖拉在訓斥她。安德那天在法庭上對一位法官翻白眼——你若真的想打贏官司，那樣做很犯忌諱——惹得雅圖拉罵聲不絕。她說這是最後一根稻草了，安德最近態度甚差，她受夠老是幫安德收拾爛攤子等等……。我覺得雅圖拉才剛開始罵人，但我也說不準。雅圖拉看到我站在樓梯口，便立即停止罵人。

情況不妙。

我很了解雅圖拉，通常她不會忌憚在我面前說話，我只能想到，安德八成惹了大事，雅圖拉才會那樣突然閉嘴。

雅圖拉扯了扯向來戴在身上的圍巾，然後說了句類似這樣的話，

「你們兩個一定餓了吧，你們何不先去吃飯，這件事我們以後再談？」

安德坐在麥當勞外的人行道邊，抽著可能是她的第二十三根菸，我走進店裡抓了兩包大薯。我們往回家路上走，安德不肯吃，也不肯說

話，甚至連每回我探問她跟拜隆到底怎麼回事時，她都會回嗆的那句「不關你的事」，都不肯講。她什麼都不說。

我們回到公寓，拜隆還是擺出一副萬人迷的樣子，問我們學校和工作還好嗎，儼然一副家庭煮夫的樣子，他真帶種。安德看著他，當他是塞住淋浴間排水孔的噁心髮球。拜隆說：「有人跟妳說過，妳生氣時有多漂亮嗎？」安德走進廚房，奮力摔上門。

那表示我只能跟拜隆在一起了。安德那副樣子，我才不敢跟她進廚房。（惹她生氣的人雖是拜隆，但不表示她不會拿我出氣。）我無法進自己房間，因為現在變成拜隆的房間了，而他又沒有要離開客廳的意思。我考慮了一分鐘，想出門找崁多，但又不能那麼做。我的意思是，把安德一個人丟在這裡，跟斷手渣男待在一起，我會良心不安。於是我在咱家唯一的沙發上坐下，盡可能離他遠遠的，然後努力看電視。

我真是霉星高照，拜隆竟然想聊天。他看著我，好似我們終於有機會能像男人一樣的談話了。

如果我們兩個算男人的話。

我不理他，拜隆逕自在一旁叨絮，我僅盯著螢幕。

他以為自己很能聊，其實老講錯話，我開始覺得那不是意外了。

「你讀幾年級啦？」

我實在不該回答他，我早料到不該那麼做了。

他接著說：「八——年級？我還以為你才十一歲！」

是喲，我還以為你是人咧，而人形僅維持一分鐘而已。

「或甚至十歲。我的天啊！對八年級生來說，你也太瘦小了！我一

直跟你媽說，她應該把你餵好一點。」

我希望你媽根本沒餵你。

「唉，你那是什麼表情？天啊，我無故惹你不高興，我相信女生一定都覺得你很可愛，女生喜歡個頭小的男生，她們會覺得你像小兔子、小貓咪等之類的，你一定很能激發她們的母性。」

對啦，而你會激發我的凶性。

「你不太愛說話是吧？……」

「也許你是四肢比較發達的那種……」

「那要不要來比腕力？」

不要，我才不要比腕力，因為那樣我得觸摸你，算我膽小吧，我覺得滑溜溜的爬蟲類超噁心——我沒別的意思。

「拜託！你不會是害怕吧？」

最好是啦，我會害怕？怕一條沒有指頭的殘肢？我才不怕。是噁心才對。是的，我受夠了那隻廢手老在我面前晃動，受夠了！怎是害怕？你最好三思，我甚至可以證實我不怕。

「沒問題。」我終於說道：「我跟你比腕力。」

拜隆脫下他老穿在身上的廉價夾克，我真希望剛才有閉上自己的大嘴巴。他看起來好結實，像那種精實又會幹架的類型，就連那條沒有手掌的手臂，都筋肉突起。

拜隆發現我在看他，便說：「只要一天做一百五十下伏地挺身就行了，還不錯，嗯，對一條截肢來說。」他抓住自己的手腕，讓肌肉鼓起。

我假裝沒什麼大不了，淡淡說道：「唉喲，拜託，我只是在看你的刺青而已。如果你沒在刺青上浪費那麼多錢，也許就不必來跟單親媽媽蹭飯了。」

他哈哈笑說：「你這小傢伙挺聰明的。」我知道自己非打敗他不可。拜隆把右手肘擺到我們拿來當茶几的老舊裝貨箱上，我扳住他的殘肢，截肢頂端有種超噁的軟糊感。他全身上下僅有的一點肥油，剛巧就在本人抓住的地方。

拜隆說：「一、二、三、開始。」然後比賽就結束了。拜隆把我壓得死死的，太可悲了。

他說：「對不起。」言不由衷。然後又說：「咱們來稍稍扳回一城如何？這回你用兩手。」

我本來想說「我才不要」，但我知道那是我唯一的機會。「隨便。」我用兩手扳住他的殘肢。

他說：「一、二、三，開始。」我看到他二頭肌上的鴿子刺青扭動著，然後他便把我的手臂重重壓到箱子上了。我的頭撞在沙發邊緣，眼上冒出金星。

不會吧？

約有三十秒的時間，我面前飄舞著細小的閃亮白點。以前我以為這種情況只有卡通裡會出現。

拜隆正在整理他那撮腋毛，所以我看不到他在笑。我假裝沒注意到，然後說：「你那些刺青是我見過最醜的。」是真的，雖然那不是我說這話的理由。他的臂膀刺滿了和平的標誌，以及嘻皮的黑白圓圈圈，

還有裡面刺著縮寫的心形，還有最醜的——一朵寫著「永遠屬於妳」的大玫瑰。

「你這個花心大蘿蔔。」我扮著鬼臉做嘔吐狀。

「呃，有些人知道生命裡什麼是重要的，但有些人不懂。」他說，「好了，阿諾先生，現在試試我較弱的那隻手吧。」他把左手肘靠到茶几上，我看到他的手腕上方有個紅色大水泡，他發現我在看。

「你瞧發生啥了？潔西卡，我的前女友，她不懂什麼是重要的，所以我只好把她的刺青燒掉。」

「天啊，她一定傷心死了。」我說著用兩手抓住他的手。

這回我有機會了，我使出吃奶的力氣去扳，我看到他手臂內側C.C.兩字的刺青鼓了起來。拜隆試著不斷高聲說話，假裝沒把我放在眼裡，但他其實挺吃力的。他，講，話，就，像，這，樣。他說：「我記得，你母親，以前，知道，什麼，是重要，的。」我單腳起身，拚盡力氣去推。

他接著說：「她和我。以前處得不錯，當年的時候。」我已經整個站起來，用全身體重去推他了，我才不管這是作弊。拜隆開始喘氣了，他說：「有一度。她差不多，十六歲，我們——」

那是我聽到的最後一句話，安德從廚房衝出來，對他尖吼「閉上你＃＃ＸＸ○○的狗嘴！」

吼，氣死我也。我只差臨門一腳就贏了，而且差點就知道真相了，可是安德偏要阻止。她對著拜隆尖吼，然後咆哮著叫我去刷牙睡覺。

我沒有抗辯，光看她的臉色便知道抗議無效。我告訴安德，我得去

衣櫃裡拿件T恤，然後便丟下她，任由她去瞪著拜隆了。我走到自己房間，從床底下撈出我的間諜錄音機，用一件乾淨的T恤包住，再走進浴室，將門鎖上，用裝了電池的電動牙刷刷牙，因為牙醫師覺得能改善我的蛀牙。然後我坐到馬桶上尿尿，我得坐下來才能取出牙刷裡的電池，改裝到間諜錄音機裡。我若在浴室待太久，安德就會起疑。我穿上T恤，把牛仔褲丟到洗衣籃裡，將間諜錄音機藏到我的四角內褲中。接著我從籃子裡拿出自己的牛仔褲丟到地板上，因為我要是太整潔，安德也會起疑。

我走進廚房，把錄音機藏到桌上一堆廣告傳單、學校通知等等之類的垃圾後。安德從客廳對我吼道：「你在那裡幹什麼？西羅？我不是叫你去睡覺！」

我吼回去，「喝杯水都不行嗎？天啊！」我打開水龍頭，在櫃子裡大聲翻找玻璃杯。我喝了一點水，把半滿的水杯放到流理臺上，然後走進客廳。

「你們在這裡我怎麼睡覺？」我說，彷彿真的非常不爽。「你們不能去廚房繼續談嗎？——這個要求有很過分嗎？」

拜隆說：「我真不敢相信妳竟然讓他那樣對妳頂嘴。」安德讓我頂嘴，唯一的理由就是要激怒拜隆。

她說：「別教我怎麼養孩子。」她把臉用力貼到我額頭上，我猜算是晚安之吻吧。然後他們便走進廚房把門關上了。

我聽不到他們講的任何話，但我不怕，等明天安德上班後，我會去取間諜錄音機，我有把握，拜隆至少會在淋浴間裡待半個小時，特別是

我需要尿尿的時候。

我跑去睡覺了，自覺是個天才，一個不折不扣的詹姆士·龐德。

第十二章

截聽

任何人，以任何電磁、有聲、機械或其他設備，故意截聽私人談話，等同犯下公訴罪，並得以處五年以下徒刑。

門重重摔上。椅子尖聲拖過地板。手指在桌上敲響。紙張皺摺聲。

有人來回踱著步子。

拜隆：（唱歌中）愛，愛將使我們在一起。嘀答嘟嘟嘟。

盤子摔碎，接著又摔碎一只。緊接著是腳步聲。

拜隆：唉唷，冷靜點，冷靜！

有東西重重落在桌上，玻璃杯叮噹作響。

安德：你他媽的剛剛在做什麼？

拜隆：我在唱歌呀，妳以前很喜歡我的歌聲的。

安德：少跟我貧嘴！你明知道我的意思。你剛才跟西羅說了什麼？

拜隆：沒什麼，我只是在回憶罷了！

安德：哼，你別給我回憶。

拜隆：唉唷，幹麼，他正要問到重點耶！

安德：你娘的！

拜隆：看來他對他老媽跟我之間，有很多不知道的事。

安德：是嗎？我希望保持那樣。

拜隆：呃，我就是一直想跟妳講這件事，親愛的！那件事可以安排，我只要求一點點交換條件，妳知道的嘛——妳幫我抓背，我也會幫妳抓背。

安德：交、換、條、件！（哈哈大笑）你是他媽的法律學者嗎？

拜隆：是啊，坐過牢就會變成法律專家了。

一陣沉默後，發出一聲巨響——可能有人去踹牆。

安德：你不打算讓我忘掉，是吧？

拜隆：嘿，總得有人讓妳維持謙卑吧，大城市的律師……對她的老友們來說，好像過得太滋潤了……

安德：閉嘴！你給我閉嘴！我當時還小，我犯了錯，犯了一個他媽的天大的錯！我很抱歉！

拜隆：妳這不就有機會彌補了嘛。

安德：我到底要跟你說多少遍？我做不到！就算我相信你，我也無

能為力。

拜隆：有的，妳有辦法。妳扳倒他所需要的一切，我都有。

安德：那你自己去呀。

拜隆：憑啥！妳只是想甩掉我而已。

安德：正是！

拜隆：那招以前對妳應該很有用。

安德：〇〇X$$##&&@。

（停頓二十秒鐘）

安德：為什麼他媽的來找我？你為何不去找別人？

拜隆：我不信任別人。

安德：你？信任我？你是怎樣，瘋了嗎？

拜隆：沒瘋。只是按邏輯做事。

安德：你娘的自以為是蘇格拉底嗎！

拜隆：我知道我可以指望妳。

安德：哦，你怎麼知道？

拜隆：因為我們倆人都有對方需要的東西。

安德：我不需要你任何東西！

拜隆：有的，妳需要，小寶貝。

安德：別、那、樣、叫、我——

拜隆：（打斷她說話）妳需要我閉口保密，我會的，因為妳知道我有多痛恨跟西羅講他親愛老媽的故事。

安德：你X〇〇XX，XX$$##X$$##X〇〇XX！那算

是選擇嗎？毀掉我的事業，或我的人生？

拜隆：妳就把它當成是一次對別人做好事的機會。

安德：你他媽去死啦！！我已經照顧你好幾個星期了，那已經夠了！

拜隆：嘿，這又不是為我！是為了我的朋友。妳知道的，那個死掉的傢伙。

安德：哼，**不是為我！**才怪。你以為我會相信你的鬼話？你只是想報復罷了。

拜隆：妳能怪我嗎？我也該從中獲取一些回報了吧？

安德：（不斷咒罵，幾乎聽不清。）

指甲刮在桌上的聲音。打火機聲。有人重重吸了口氣，然後大嘆一聲。

拜隆：（咳嗽中）

安德：我該做什麼？

拜隆：把菸熄掉，我再告訴妳。

安德：見你娘的去死啦！這是我的公寓！

拜隆：這是我的肺。

（三十秒鐘停頓）

拜隆：好吧，我是個講理的人。

安德：是……才有鬼！

拜隆：妳可以到外頭抽菸。

安德：好啊。

拜隆：（繼續咳……）妳可不可以別對著我的臉吐煙？

椅子拖過地板，門打開了又重重摔上。

一陣沉默。

第十三章

曠課

無理由的不上學

第二天，我上完歷史課後，就再也待不住了。我得離開學校，我需要思索。當第二節上課鐘響時，我從後門溜出去，越過停車場的圍籬。

崁多已經轉到另一所學校了，我考慮午餐時去找他，可是見了他要說什麼呢？我們以前從來不曾真正談論過私事，或許我應該慢慢引導他。例如問他，他父親是做什麼的，或告訴他，我很怕蜘蛛，或我一直到十一歲都還會尿床。看他如何回應，再決定要不要告訴他，老媽被這個無家可歸的前科犯勒索，去幹不合法勾當。有點像沒來由的倒一堆問題給他。

話又說回來，崁多能如何？把他那個酷炫的新滑板借給我？介紹我認識幾位辣妹？為我示範如何做尖翻？雖然能使我暫時拋開問題，但到頭來，安德的問題還是沒解決。

我決定裝病，然後回家。也許我可以再次勾起拜隆的談興。

我正要繞過康瓦里斯街的街角時，剛巧看到拜隆。我簡直不敢相信，他跟我們住了近一個月，半次都沒離開過公寓——至少就我所知。

拜隆顯然不想讓人知道他溜出來了。他並未喬裝，但也不像平日的他。我會認出他，是因為拜隆剛好走出我們大樓門口。他將殘肢塞在口袋裡，身上穿了件安德好幾年前在救世軍男裝部挑的舊夾克。那件衣服對安德來說太大了，但她以前覺得挺酷。拜隆戴著球帽，一開始我以為他把頭髮塞到帽子下了，等他轉到葛庭根街後，我才看清楚他幹了什麼。他把頭髮剪掉了，還有他那黃鼠狼般的鬍子。他看起來竟然挺人模人樣的。

我跟蹤他，拜隆走得很快，而且垂眼盯著人行道，但我還是得小心別讓他瞧見，跟蹤可沒有那麼容易。我們鎮上這個地區的樹不多，我保持在他後方約半條街的距離，且不時得跳來跳去。拜隆看起來或許不像可疑人士，但我顯然很像。

他經過商家密集區後，轉進一條安靜的小街。街上沒有車子，也沒有人能將我擋在背後，我只好遠遠待在後方。拜隆轉過街角後，我等了一、兩分鐘，才試圖趕上。

我來到街口，卻不見他的蹤影。我不知道該沿街左轉或右轉，或往前走，直接走進一間破爛的小教堂。舊片裡的人物，總有他們在教堂裡

的祕密會面地點。可是我不覺得拜隆會那麼做，我若是牧師，看見拜隆進到我的教堂，一定會開始擔心教堂的捐款。我會立即報警。

因此我把教堂排除掉，決定右轉，因為，呃，我總得做點什麼，不能光站在那兒。

我沒走多遠——也許十到十五步——突然發現拜隆就坐在我對街的公園長椅上。若非我剛才在做白日夢，應該能更早看見他——我剛才幻想自己在CNN上高談如何獨力逮住這名惡性重大的罪犯——而沒有用心追趕。換做別的狀況，其實還蠻好笑的。

我躲到一輛泊車後，坐在那兒打了一會兒哆嗦。我真的好怕拜隆看見我，然後走過來用他那紫色的斷手把我揍到兩眼昏花。

我等著，但什麼都沒發生。我決定爬回街角，然後奔逃回家。

那麼做似乎合情合理，但即使是我這種小個子，這種行為也太可悲了。我想像匍匐前行的自己剛巧被經過的瑪莉・麥伊薩克撞見，不久全校就都

聽說，我不僅對障礙人士無禮，而且還很懦弱，那麼本人這輩子就休想把到馬子了。

我決定留下來查明究竟。畢竟我還有安德得顧慮。我從車子這一邊窺望出去，拜隆還在。他坐在小公園的長椅上，跟一名女子說話。那名嬌小的黑髮女子，臂上紮了一大塊紗布。女子不時揮動雙手，看

得出她在說話，而且很不開心。拜隆正在施展魅力，並拍著她的腿。女子似乎稍稍冷靜了（雙手不再舞動得那麼激烈），但就在這時，安德出現了。嬌小的女子整個撲進拜隆懷裡。

女子一轉過身，我便認出她是誰了。

康蘇拉・羅迪奎茲。

第十四章

不公開審理

私下的聽證會

我會記得她，原因或許有些可笑。去年夏天，她僅來過雅圖拉的辦公室一次，康蘇拉非常安靜，因此格外引人注意。就像那些不會吼著要學生別吵，卻自己開始喃喃低語的老師，反而更能用這種怪招吸引學生注意。

我記得康蘇拉不懂英語，她唯一會說的是「雅圖拉？」（我猜那並不是英文），以及「你會說西班牙文嗎？」，我當然不會說了。

我記得她的名字，因為我花了半個小時，才搞懂她在說什麼。

安蘇達？

康綏拉？

崁蘇托？

羅迪卡思？

羅托蓋茲？

羅汀卡茲？

她非常有耐心，很友善，康蘇拉最後拿起我的小留言簿，寫下自己的名字，然後笑了笑，走到房間後方站著。她等了一整天，直至下午才坐到椅子。到了四點半，就只剩兩三個人留下來了，康蘇拉雖然沒有先預約——誰有啊？——可是當天很有機會見到雅圖拉。

約莫五點鐘，雅圖拉從辦公室走出來，問我某男子是否有打電話給她。雅圖拉經常問我這種問題，那名字對我沒有任何意義，若非康蘇拉

一聽到那名字就跳起來衝出門，還打翻了一把椅子，我甚至不會記得雅圖拉問過這名字。當時弄得乒乒乓乓的，大夥全停下來看。雅圖拉問我她是誰，我跟她說了。雅圖拉聳聳肩，似乎從未聽過此人，然後便回她辦公室了。我把寫著康蘇拉名字的粉紅紙條一揉，扔進字紙簍裡。

那應該是八月末的事吧。直到此刻在公園之前，我再也沒想起康蘇拉這個人了。

我好想知道她在說什麼，可是從我所在的地方根本聽不到，而我又無法挨近。我們之間僅有一部車和偌大的空間，我只能隔著車身偷看。

可惜我不會讀脣語，他們待了約一個小時，我還是摸不到半點頭緒。康蘇拉在說話，拜隆在說話，安德不時插嘴，但大部分時間，她只是在黃色的大紙本上振筆抄寫。

大約十一點鐘，拜隆說了些話，會議便突然結束了。他們開始朝我走來，我及時低下頭去。

我滑到車子底下，開始禱告。

他們越走越近，我開始聽出他們的話了。安德表示一定要放手去做，然後康蘇拉說：「謝謝……泥……為我的……嗯……啊。」

她說了幾句西班牙文，然後拜隆說：「孩子。」

康蘇拉說：「謝謝泥為我的海子，Hhhhandy。」

安德僅說：「嗯，好啦。」拜隆和康蘇拉邊用西語交談，邊慢慢離開，我只聽得懂adios和Carlos兩個字，因為他們大概說了不下十遍，而且Carlos是旺旺墨西哥捲餅廣告人物的名字（「誰能再吃一個？Carlos可以！」）

安德由側邊的小街離開了，從他們的腳步聲判斷，康蘇拉和拜隆應該回鎮中心了。我躲在車底下，直到確定他們都已離開。事實上，我在車底躲到車主走出來說：「喂，你在我車子底下幹什麼？快出來！你不知道那樣可能害死自己嗎？死囝仔！你有病嗎？」

我差點嗆回去。

第十五章

詐騙

操控他人，使之放棄某種有價值的事物，而故意欺騙的行為

自從那天早上，在上學途中聽了我的間諜錄音機後，事態就變了。我還是覺得想吐，但理由不同了。

一開始我還以為老媽遇到甩不掉的壞人，現在我則覺得她遇到的是甩不掉的極其聰明的壞人。拜隆的西語講得跟英文一樣溜，這不是每個人都能辦到的。

而且他整個人還有某種……怎麼說呢，某種氣勢。這傢伙身無分文，沒有工作或任何冠冕的頭銜，可他就一副「我是這裡老大，一切由

我負責」的樣子，感覺超詭異。就好像……怎麼講？心理操控？他究竟對每個人施了什麼妖術？大家為何不直接叫他滾蛋？為什麼都沒有人這樣做？

康蘇拉的事也很怪，我不認識她——我說過，我僅見過她一次——但她真的很不像典型的罪犯，康蘇拉看來甜美善良，有如驚弓之鳥。也許那只是裝的，但我必須告訴你，我真的信她。

我想，說不定拜隆在勒索她們兩人，至於勒索什麼，就不得而知了。我僅知道拜隆越來越像個邪惡的天才，而不是把我趕出寢室的臭無賴了。

我需要時間整理思緒，我找到一處操場，認識我的人都不會去。我坐在秋千上盪著，直至覺得發冷，有個小鬼罵我占用太久。接著我跑到陶朗尼的小店晃兩、三個小時，最後櫃臺後方那個傢伙指著「不許遊蕩」的牌子說，我若不買東西，就請離開。我買了一根紅色甘草糖，他翻翻白眼，然後我就離開了。這時已近六點鐘，我知道若不快點回家，安德便會起疑。我會說我在科學社團待晚了，或胡亂找些藉口。

我試著跟平時一樣走進公寓，用力開門，讓門撞在牆上。我把背包丟在地板中央，等安德進門就會把擋路的背包踢開。拜隆若問我「學校怎麼樣？」我絕不回應他的問候。

問題是，拜隆什麼都沒做，也什麼都沒說。公寓裡一片死寂。

我走去浴室，假裝要尿尿。我走進廚房，裝作要找吃剩的披薩。我把頭探進自己的房裡，作勢尋找球鞋。

拜隆根本不見蹤影。

我心想，沒關係。他知道我現在已經放學回家了，他一定已經想好藉口，為什麼像他這樣的宅男會跑去城裡。我甚至想好拜隆一走進來要說什麼：「嘿，吸血鬼白天不是不能出門嘛。」有點冷，但可以。

我看到電話上有留言，也許是裴占德老師打電話來，問我為何沒去上學。我發現安德有付老師錢，只要我遲到三分鐘或考試低於99.4百分比，老師就會打電話給安德，討論她的「憂慮」。她們兩人聯手抹殺本人成為正常人的機會。

我料得沒錯，是裴占德老師的電話，但願是在拜隆離開後打來的。我刪除她的留言，聆聽下一個留言，安德在下午3:38留了話。

「哈囉，甜心。」她說，「是我呀，媽咪。我晚餐會晚點到，但我幫你做了些菜放在冰箱裡了。如果你想吃你喜歡的那種甜甜圈——你知道嘛，就是有特殊餡料的那種——爐子邊的球員菸草盒裡有錢。我會盡快回來，噢，如果你需要聯絡我，打這支電——」

留言斷了，但我知道出事了。

我家老媽的嘴巴被外星人攻占啦。

第十六章

解僱

終止僱用；解聘員工

甜心？！？

媽咪？！？

我幫你做了些菜？！？

怎麼回事？她不是都說：「喂，小子，是我。十五分鐘後在麥當勞碰面。冰箱上有折價券，可以得到一份免費漢堡」嗎？

那個特殊甜甜圈又是怎回事？我根本不喜歡甜甜圈，喜歡的人是她。

是在開玩笑嗎？不對。安德每次笑話沒講完，自己就先笑了。

安德想給某人留下好印象？假裝自己是模範母親？如果那是她的企圖，她算搞砸了。完美的媽媽通常不會把錢留在球員菸草盒裡，因為完美媽媽一般不會自己捲香菸。

我通常在六點半與安德碰面吃晚飯，但我等不及了，我必須搞清楚究竟怎麼回事。

我打電話到辦公室找雅圖拉，她氣瘋了。

「沒有，西羅，很抱歉令堂不在辦公室，她一整天都沒來，事實上，我剛接到一位同事的電話，一位非常重要的同事。安德放他鴿子，沒去開會，結果很可能影響到移民資源中心未來的拓展。我可以跟你保證，我同事對此事很不高興，我也是。很抱歉我必須告訴你這件事，西羅。可是出了今天這種事，安德不能再為我們事務所工作了。」

我不知道該說什麼，只能虛應：「呃……是的……好的……好。」

我甚至不願多想這是什麼意思。安德也許開會會稍微遲到，或忘記帶需要的文件，或檔案歸錯檔，可是她從來不會缺席會議，她對工作是很認真的，絕不會因為偷懶或心情不好，或被小小的勒索嚇著，而缺席她非常重視的移民中心會議。

那一刻，我知道真的出大事了。

我沒法再講電話了，便喃喃表示自己得出門了，但雅圖拉不肯輕易放我離開。

「還有一件事我想跟你說，西羅。」

噢，**天哪**，我心想。又怎麼了？

「希望你了解，我與令堂的爭執，跟你無關。你是個聰明能幹的男孩，我非常感謝你這個暑假在辦公室幫忙，我希望你知道，這裡永遠歡迎你。如果你需要幫助——甚至只是想吃頓家裡煮的東西，不想吃外食——就來找我。我的咖哩雞做得很好吃。明白了嗎，西羅？」一陣停頓。

「西羅？」

我不知如何回答，是該說「謝謝？」，或「老實說，我需要妳幫點忙？」。

最後，我只說了謝謝。

第十七章

遺棄　未能提供孩子生活之必要條件

那晚我徹夜失眠，我根本不可能睡得著。我在萬分驚恐與恨不能殺掉安德之間來回擺盪。她到底在想啥？她一開始為什麼要讓拜隆住進我們家？如果讓那種爛人闖入你的生活，遲早會出事。

翌日早晨八點半，我洗把臉，換掉襯衫，然後在走廊上留張紙條：**妳一回家就來學校接我！**我抓起背包離開。

我不知道安德在哪裡，不知道她做了什麼，或她為何那麼做，或自己應該怎麼辦。

我只知道不能讓任何人曉得安德不見了。

我知道你在想什麼，你在想，**瞎咪！？你瘋了嗎？她可能惹禍了！打電話報警啊！**

但事情沒有那麼簡單。

我若打電話報警，他們就會發現我才十四歲，而且一個人獨居，接著他們會怎麼做？他們會把我送到寄養家庭，因為沒有其他選擇，我沒有任何想收留我的親戚。

接著警方才會開始設法找尋安德，我真的好怕警方查出她幹了壞事。信不信由你，最好的可能狀況就是，拜隆逼她做了某件她不該做的事。我記得法學院有教，若「受到脅迫」而犯下罪行，可以用「受脅迫」作為抗辯。

把脅迫當成藉口。

換言之，你可以告訴法官，「那不是我的錯！是他逼我做的！」如果你運氣好，法官便會相信你，放你走。

我是說，如果你運氣好的話。

但你不能指望法官相信你，尤其是安德這樣的人，像我們這種福薄的人，一定會遇到讓安德翻白眼的法官。

我真正擔心的是，安德再次嚐到往昔的放浪不羈而故態復萌。我的意思是，她以前戒過菸，並鄭重其事的表示戒菸讓她覺得神清氣爽，還能省下不少錢，所以她「永遠再也不吸菸了，請上帝保佑我。」結果後來你也知道是什麼情況。她一定會說為何不能繼續惹麻煩？以前她顯然很愛惹事，當了很多年浪女。

我對她在街頭流浪的日子所知不多，我知道自己為何不清楚，因為安德不想講。她幹麼要說？她要當個「奉公守法的公民」已經夠難了，何苦還讓每個人知道她年少時有過案底。

天啊，我根本不願去想她當年幹過哪些事。

如果我報警找安德，警方查出她曾幹下非法勾當，我們的生活便毀了。假若她獲判有罪，也許便得離開法律界了。更慘的是，她甚至可能被告遺棄——所謂的「未能提供未成年的孩子，生活之必要條件。」小時候，老媽常拿這點來開玩笑。由於安德不肯買我們負擔不起的戰鬥玩偶或遙控汽車，我便大鬧特鬧，這時她便說：「你到底想怎樣？西羅？告我嗎？我很不想告訴你，但根據法律規定，超級雷輪迷你休旅車並不是『生活之必要條件』。」

這回可不是鬧著玩的。除非安德有充分的理由，否則她的離去，可

能害她自己失去對我的監護權，而且是永遠。

安德有可能失去我，失去她的工作，還可能去坐牢。

我沒有其他選擇了，我得親自去找她。

我跑到學校，裴占德老師問我剛才去哪兒了，我說我感冒了，老師說我的臉色還是很蒼白（真不開玩笑。），問我覺得還好嗎？

我說「不好」，而且是真心的。老師說我應該回家休息，最近感冒流行很嚴重，她兒子已經在床上躺十天了。要不她打電話到我媽媽辦公室，請她來接我可好？

我說老媽今天沒去上班，老師說那樣很好，這樣媽媽就能照顧我了。我抓起背包離開。

不敢相信竟會如此簡單。

第十八章

律師——客戶保密特權

客戶告知律師的任何一句話，律師均有保密之責

我回到家裡，檢查信箱，然後拾起前門的報紙。我提醒自己一定要每天撿報紙，以免別人覺得這裡有任何改變。

我揉掉留給安德的紙條。

檢查電話留言。零。

我查看廚房櫃子，裡面也沒東西。如果安德再不快點出現，我真的會餓慘。我的零用錢還剩四塊錢左右，去翻翻看安德所有的口袋，或許還能找出兩三塊錢，但也就這麼多了。

我很擔心之後自己要如何生存，而我得先搞清楚安德和拜隆在哪裡，我需要線索。

我把公寓翻了一遍——浴室、客廳、各個寢間。東西很多，但沒有異常的物件。

我查看安德的衣櫥、抽屜、化妝包、髒衣服、床頭几、她那一堆堆的垃圾。我只找到舊衣服、斷掉的眼線筆和借閱逾期的圖書館圖書。

我搜查拜隆的東西，大概花四秒就翻完了。看來拜隆沒有開玩笑，他對物質沒興趣，他只有前一天脫下來的衣服，而且還整整齊齊的疊放在我床上，好像參軍或去GAP服裝店面試似的。我拿著尺戳他的衣服，把衣服翻過來抖一抖，甚至徒手探進口袋裡。什麼都沒有。

我踹了約五分鐘的牆，踹到腳痛。樓下住戶開始拿他的拐杖敲地板，這種時候我可不希望他打電話報警來找我。於是我走到客廳，捶了一會兒沙發，至少那樣很安靜。

我終於累到停手了。我躺了好長一段時間，瞪著天花板上的一大塊汗漬。以前這塊汗漬總令我想到一隻穿高跟鞋的兔子，有點可愛，可是那天我把頭轉向另一邊，覺得兔子的腿可以是人類的手臂，而高跟鞋則像兩把槍。好噁心，那就是心情煩亂的人會看到的景象。

連瞪著天花板都會讓自己不開心，真糟糕。

我打開電視看到三點半，可以安全的出門了。學校已差不多放學，沒有人會懷疑我在街上做什麼。我抓起滑板離開，途中在陶朗尼小店停下來買些點心。喬伊跟平時一樣伏在櫃臺上刷臉書，他可以目不轉睛的盯著螢幕，一邊幫你結帳、數錢、找錢，這傢伙看臉書成癮了。

我拿了一條牛肉乾，一些酸奶洋蔥洋芋片和一個大的硬紙箱。我想慢慢吃，可是辦不到，我餓壞了，才走到街口，洋芋片就被我掃光了。

我到雅圖拉辦公室時約莫四點鐘，托比看到我走進去，給了我一個大熊抱，瑪姬說她很想我。路卡斯先生不斷的說我長大好多，然後埃里莫・希梅曼開始尖叫說我是**FBI**探員，想殺害他奪取他的百萬遺產。

就在這時，雅圖拉從辦公室裡衝出來，吼著叫大家安靜。沒有任何援手，她一定忙瘋了，可是她看到我時，仍露出微笑。我告訴她，我來拿安德的東西，她的笑容便消失了。她重新整理身上的圍巾，要我在離開前，先到安德的辦公室。

我硬把托比從身上扒開，走進安德辦公室，然後關上門。我著手把她抽屜裡的東西扔進箱子裡，大部分都是活頁筆記、留言紙、我的學校舊照之類的東西，並不是我要找的。我在尋找證據——暫且不管那究竟是什麼。

我清理書桌，然後打開安德的檔案櫃，我想所有真正的好東西都在這裡。

但我遲了一步。

櫃子裡是空的。

我一時驚慌，就像電影裡的受害者發現電話不通，或槍隻不見了一樣。我想像有個暴徒——也許是拜隆，或他想找的人——頭罩絲襪偷溜進來，用來福槍掃射安德的辦公室。她的檔案裡一定有什麼犯罪資料，某些他們非要取到手，寧可開殺戒，也要拿到的東西。

我顯然越來越歇斯底里了，其實那些檔案根本沒事，只是被雅圖拉

拿去罷了！這太簡單了吧，安德走了，所以雅圖拉只好親自打理那些客戶，不然還有誰能做？

我想找出辦法，把檔案從雅圖拉手裡弄過來，但我知道絕無可能。法律有「律師——客戶保密特權」的規定，也就是說，客戶對律師說的任何一句話，都是私密的。即使你向律師坦白自己殺了人，或搶了某間銀行，他也不許提半個字，除非你讓他說。客戶的法律檔案也一樣是私密的。雅圖拉不可能把那些東西交給我，而我又不打算去偷，至少還沒有這個打算。我得想點別的解決辦法。

我把安德的行事曆和通訊錄放到硬紙箱裡，將她的桌子掃空，把擺了一整個夏天但已枯死的植物扔進垃圾桶。我抓起箱子和她掛在門後的外套，然後跑去見雅圖拉。

幸好雅圖拉非常忙，因為我再也聽不下任何訓話或「有事來這裡找我」之類的話了。當然了，雅圖拉試著插進這類的話，但電話響了，她非接不可。她在跟一個男生說話時，抬手用手背揉揉我的臉頰。不知為什麼，那個動作令我淚水盈眶，我覺得自己好沒用，我只想離開那裡，好害怕自己會哭出來。

或說出來——那就更慘了。

我說「再見啦」，然後便衝出去了。托比在我離開時朝我撲來，但我動作更快。我說，「我得走了，托比。」然後一溜煙跑掉了。

第十九章

實物證據

提供實際物品作成的證據

我回到家，把安德那滿箱的物品倒到餐桌上，看了實在很挫折，都是堆沒有用的垃圾。

我必須把東西整理一番，從中找出一絲脈絡。

我先將所有垃圾扔掉，有空菸盒、用小片錫箔紙包起來的口香糖、被安德折成奇怪形狀的文件夾，但接著我改變心意了。我把它們全部從垃圾桶撿出來，放回桌上。我發現這些東西可能很重要，也許安德根本沒吃那塊口香糖，是別人吃的，上面有他黏呼呼的DNA。也許我僅需要一點口水，就能送那傢伙進牢裡度過餘生了。

我仔細研究每項從安德辦公室拿來的物品，一次一個，結果是：

我啥都沒找到。

然後我試著分類，或許會開始看出一種模式。我把所有「垃圾」擺到桌角，將所有粉紅色便條紙放到另一個角落。我收齊所有照片，鉛筆一律擺到一塊兒，然後把用過跟沒用過的活頁紙疊成兩疊。

東西很多，福爾摩斯或許能看出某種模式，但我瞧不出來。

我把每通電話留言再讀一遍，達琳、艾洛蒙、瑪姬、移民資源中心的會議；與檢察官約見；提醒雅圖拉的祕書（最好是有啦）去打電話給某大人物的祕書，確認聽證會日期……留言多半是我寫的，所以並無驚奇之處。等我開學回學校後，安德和雅圖拉便自己接電話，或讓電話答錄機接聽，粉紅色的便條紙就沒有那麼多了。

我看著那堆照片，按年齡排列我在學校的照片，我突然想到一件事。這麼顯而易見的事，我之前為什麼沒看出來？

我的牙齒配我的臉顯得太大了！看起來活像有人塞了兩塊鬆餅在我的上唇下方。（如果我乖乖刷牙，應該有點幫助吧。）我提醒自己，等以後有空，一定要把它們弄成正常人類的大小。

我看著其他照片，有安德的畢業典禮照、安德參加貧窮聯盟抗議活動、安德在移民資源中心外頭的照片——那一定是開幕式當天拍的。安德和雅圖拉各站在穿西裝的大個頭兩側，男人雙臂環住她們，三人笑得眉飛色舞，活像一群剛剛獲得終生香蕉供應的猴子。我猜他就是資源中心的榮譽主席，也就是安德談個不停的那個傢伙。我甚至看到他那輛大名鼎鼎的綠色BMW的擋泥板，凸在照片的底端。老實說，我覺得挺噁的。

開著一輛價值十幾萬的車到窮人區，難道都沒有人有意見嗎？

安德為什麼沒意見？

在這節骨眼上，浪費本人的時間思索那種事，實在有點蠢，我應該設法找到安德，而不是去了解她。等我了解，恐怕她都老死了。

我去檢視另一疊用過的活頁紙，唯一感想就是，本

人的老媽是位塗鴉高手，但願女子監獄裡有不錯的藝術課程。

最後只剩下沒用過的活頁紙了。粗心一點的偵探，大概會直接把紙扔進垃圾桶，但那是因為粗心的偵探不會在童年時看那麼多年的偵探連續劇。我拿起一根藍色蠟筆，在空白紙上塗抹。我開始看到安德在撕掉的首頁上，寫下的印記了。青藍色的塗層中出現一個白色的電話號碼，接著是一個地址。我的心臟開始狂跳，我用蠟筆接著塗，突然明白安德想做什麼了。她想幫我註冊，參加課後的課外活動課程！青少年政治活動課。那一瞬間，我竟然覺得慶幸老媽失蹤，真希望她別再試圖「提升」我了。

此時我已又氣又挫折，準備要放棄了，可是我若放棄，接下來該怎麼辦？家裡沒東西吃，我睡不著覺，現在這種狀態跑去滑板，無異是自殺。我拿起安德的預約本，開始翻閱。

裡頭也是亂七八糟，很多事項劃掉了，或無法辨識，即便讀得出來的，好像也是用密碼寫的。EH Lw. Ct. D&F sep ag ?JHG-Hng.

如果拼字遊戲之王在此，大概三分鐘就全部搞定了，可惜事情沒有那麼美。我乾巴巴的瞪著那些字母良久，想到無限暢飲派對和瑪莉・麥伊薩克，如果我斗膽邀她，她陪我參加學校舞會的機率有多大。我想到一些不錯的梗，能逗她發笑，或許我不是全然無望。接著我想到，舞會還有三個多星期才舉行，倘若在那之前我沒找到安德（或至少一些買食物的錢），我便會瘦成皮包骨，就不會有人要跟我跳舞了。大家全都會背靠著牆，看我的骨頭喀喀作響。

我必須專心。我再次望著通訊錄，突然發現兩件相當明顯的事。

Lw. Ct.是法庭law court。大寫字母是人們的名字簡寫。等我看懂後，就知道大部分是哪些人了。

EH. 埃里莫・希梅曼。

D&F. 還會是別人嗎？是達琳和費笛。所以sep ag的意思應該就是「同意分居」了，問號則表示：「他們是不是終於要分手了？」

JHG-hng. 我本以為是「約翰・休吉利斯——絞刑」，可是加拿大已經四十年沒絞過一個人了，就算是當年，我也懷疑法院會因為一、兩次的破壞侵入，而把人吊死。我猜hng的意思是「hearing，聽證會」——法庭為約翰・修果舉辦的聽證會，為他上次破壞侵入的罪行做出判決。

任督二脈打通後，密碼便迎刃而解了。我被幾個字絆住了，直到我發現安德並不只寫工作方面的事。TM是她的美髮師泰瑞・美朗森，就是勸她換掉紫色刺蝟頭的人。而ct這次不代表「法庭」，而是「cut，剪髮」，或更可能是「chat，聊天」的意思。（你很難相信她們兩人可以聊到天荒地老）。CM-dnt.ck-up意指，我當週與牙醫師有約診（我會裝傻，不明白這段話。）

不過有個不斷出現的項目，我卻沒能看懂：BC-Wtrfrnt。安德通常只把單字裡的母音拿掉，所以最後一部分並不難懂。Wtrfrnt=waterfront海濱區。我猜測，她是去某間可望向海港的高級餐廳與某人會面。

哇咧，太氣人了。我每天中午吃泡麵，她卻跑出去吃得跟皇后一樣？做媽媽的不是應該先照顧好自己的小孩嗎？

我雖然一肚子氣，卻知道這件事很不對勁，我覺得安德不太可能外出用餐，而沒幫我打包回來。也許此事與工作無關，說不定是她男朋友。我知道安德這些年交過一些男友，她雖未對我承認，但我很確定。我曾看過某男生摟住她，或她的某位女性友人不小心說溜嘴，談到安德的「重大約會」，然後安德就再也不跟那位朋友說話了。如果她是跟某位新歡（嗯～）出去吃浪漫大餐，就不會幫我帶外帶了，因為她不想讓我知道。

有道理。

可是這回是哪個傢伙？

B.C.

B……C……

B……

C……

我知道某人的名字簡寫是B.C.，我很有把握。我把所有名字以B開頭的男生名字想了一遍。

比爾、布萊爾、布蘭登、班、伯特、巴特。

拜隆。

拜隆•庫維里爾。

B.C.

第二十章 未成年

年齡未達法定行為能力者。小孩子

我大概已三十六個小時沒睡覺了，我激動到以為自己根本睡不著，可是那晚我還是睡著了。我在餐桌上昏睡過去，或許是因為如此，才會做那場怪夢。

拜隆是我父親，我的手也變成殘肢，我們住在像帳篷一樣的地方，必須不時搬遷。崁多好像也跟我們住一起，或只是住在附近。他給了我一塊僅有三個輪子的特殊滑板，我可以在上頭做出神奇的動作，但那是因為我少了一隻手。安德也似有若無的出現在夢裡，你知道那種夢吧，我可以聽見她的聲音，聞到她的菸味或跟她講電話，但就是未能確切的看見她。有一次我甚至得在她洗澡時，候在浴室外（我們的帳篷有電話和浴室——這種露營經驗很屌吧），可是安德神不知鬼不覺的溜掉了。

整場夢就是那樣，我想見安德——我跑去找她，追著她的聲音跑——但我也不太想見她。我知道她會把滑板沒收，但我真正害怕的不是這個。

我怕她知道拜隆是我父親後，會對我發脾氣。

好似那是我的錯。

現在講起來覺得超蠢，但做夢時，感覺就像真的。我醒來時嚇到幾乎喘不過氣。

我環視廚房良久，告訴自己那不是真的。我暫時好過些，直到發現

現實比任何愚蠢的夢境還要糟糕。

我想到拜隆和安德在海濱區開他們的祕密小會議。他們到底在想啥？這兩個人在那裡也太格格不入了吧！安德全身穿著救世軍的衣服，跟那個年老色衰的師奶殺手，想融入那些穿著昂貴西服的人士裡？如果他們想保守祕密，幹麼在那裡會面？

因為他們陷入熱戀，以致於思慮不清。

哇咧。

嘔。

噁，噁，噁。

吐。

我真的吐了，因為那是說得過去的。我知道安德表面上痛恨拜隆，希望將他趕走，可是你也知道，人在喜歡一個人時，會做出奇怪的舉動。

我忍不住覺得拜隆是安德的男友，所有那些深夜的爭執，只是情人間的拌嘴。這想法實在有夠噁爛，也許還挺愚蠢，但就是揮之不去，彷彿我的潛意識裡，只想證實最壞的狀況才是事實，只想去揭開這道瘡疤。那聲音會跟我說諸如此類的話——**她只是在欲擒故縱……其中顯然有鬼，畢竟她讓他住下來了！**光憑勒索這點，似乎不足以構成忍受拜隆的理由。

我想起拜隆跟我們同住時，發生的一些小事。我想起他唱著歌，對安德露出那種「嘿，寶貝」式的微笑，想到安德會按照拜隆的口味去準備沙拉。接著我想起比腕力時，拜隆的二頭肌上刺著C.C.兩個字母，血

液一下衝進腦子裡，我忽然明白那代表什麼意思了。

西羅・庫維里爾。

我**真的**是他兒子！安德說她年少時犯下的愚昧錯誤就是我！拜隆去坐牢，是因為他讓安德懷孕時，安德才十四歲，那是違法的。

噢，天哪。

事情全串在一起了，我甚至想起如何稱呼，**法定強姦罪**（Sstatutory rape）——與未成年人發生性關係。成年人不得與十六歲以下孩童發生性關係，即使那孩子願意。這是法律學院討論的事項中，少數我覺得有趣的議題。

我想回去睡回籠覺，把一切忘掉，可是我辦不到。我還是不了解安德為什麼就這樣消失了，不曉得她人在何方，在做什麼，我不知道自己將來如何生存。

我聽到報紙落在門口的聲音，反正我得去尿尿，就順便過去拿報紙。我渾身僵硬的打開門，光線射進來時，刺得我眼睛好痛。我抓起報紙，用力摔上門，然後去廁所。

我沒把握能射準，便坐下尿尿。我搔著頭，揉揉眼睛，用手肘撐住膝蓋，垂眼望向地上的報紙。

報上的紅色大字頭條寫道，協尋梅森會館縱火嫌犯。頭條下是張照片，就是犯人拿著上頭有數字的卡片的警方用照。照片裡的人約二十多歲，下巴留了鬍子，有隻眼睛腫到睜不開，但我還是立馬認出那是拜隆・庫維里爾。

第二十一章

縱火

蓄意放火燒毀建物

哈利法克斯日報

協尋梅森會館縱火嫌犯

亞娜・范莫贊　刑事科

哈利法克斯警方釋出追緝的嫌犯名字，該嫌犯與今年八月二十日那場燒毀歷史地標、並燒死一位遊民的大火有關。

拜隆・克萊德・庫維里爾，三十七歲，無固定住所，據稱身高五呎十一吋，身材瘦削，眼睛棕色，手臂與胸口布滿刺青，斷了右手掌。大火當晚，最後有人看見他在男性收容所——生命之家。根據目擊證人說，嫌犯於子夜離開生命之家到梅森會館。

庫維里爾先生因搶劫而失去手掌，並在多徹斯特監獄服刑六年，咸認庫維里爾不具危險性。據認識他的人表示，庫維里爾在流浪多年後，於八個月前回到哈利法克斯，並開始經常訪問生命之家。他顯然人緣極佳。

生命之家主任吉瑟・塞里歐特形容拜隆「善良且聰明絕頂，總是幫其他人解決問題。他在瓜地馬拉做過救援工作，因此明白如何與受難人士溝通。」由於拜隆經驗豐富，塞里歐特先生聘請他在收容所擔任兼職輔導員。

警方幾乎未釋出任何細節，但消息來源指出，警方本週接到一

通匿名電話，為這場燒死四十九歲的卡爾‧史塔佛‧波杜，疑雲叢生的火災，提供第一道可靠的線索。

梅森會館已閒置三年有餘，古蹟維護人士正努力籌募復建的款項。該館閒置期間，常有遊民住進這棟五層樓的維多利亞式建築裡。據報引發大火的原因，應該是非法製毒。消息指出，隔壁工地有位工人提出證據，指向庫維里爾先生涉及快克毒品的營運。

波杜先生患有精神及糖尿病，朋友表示，常見到庫維里爾先生幫他進行減肥。

哈利法克斯警方懇請任何知道與梅森會館大火相關訊息，或知道拜隆‧庫維里爾行蹤的人士，與哈納‧佳特雷警官聯繫，431-TIPS。

第二十二章

合謀

二或三人以上同意從事違法之事

我猛地一下清醒了。我衝進客廳，打開電視看晨間快報。我必須忍耐十分鐘，看那個討厭的傢伙拿天氣開玩笑，消息終於出現了，梅森會館大火案重大進展！

記者大談這座會館如何在兩次世界大戰中歡迎我軍歸鄉，接著又提到所有曾在會館舉辦婚宴的名人。等她說到會館衰敗的淒涼歲月，以及遺跡維護人士如何不只一次從拆遷大隊手下搶救會館，使之免於改建成公寓或商城時，我已朝著電視尖叫了。

我正想試試其他頻道時，記者終於談到火災及拜隆・克萊德・庫維

里爾了。螢幕上閃過他那張舊照，接著記者訪問了一票他在生命之家的朋友。

你會以為他們是在講某位剛贏得諾貝爾和平獎的人，就他們所知，拜隆‧庫維里爾絕不會做壞事。一位嘴裡大約只剩下三顆牙，眼睛壞掉一隻的老爺爺說，拜隆正在教他識字。另一人說拜隆協助他戒菸，一個外表看起來年紀差不多大我兩歲的小鬼說，他八歲的孩子需要一件新雪衣時，拜隆給他錢。

接下來有個叫史丹‧柏里岡的傢伙開始胡扯說，整件案子就是樁陰謀。「拜隆沒做錯任何事，只因為他幾年前犯錯服過刑，警方就嫁禍給他。他們老是拿遊民開刀，好像因為你頭上缺了一片屋頂，就表示你不像有錢人那麼善良。拜隆知道那不是事實，他曉得一些別的事，我敢打賭他還知道一些有錢人不希望他到處去說的事。」

你可以看得出那傢伙話還講不到一半，記者已經收尾了。「賈許，現在把鏡頭還給你，請看今天的運動新聞！」

我不想聽棒球季開賽，便關掉電視，再次瞪著天花板上的汙斑。

好吧，我心想，事情是這樣的。拜隆・庫維里爾白天是遊民輔導員，晚間則跑去製毒。他在嗑藥時，放火燒毀一棟歷史建物，害死了一個人。

至少這能解釋他臂上的大水泡。

我從來不喜歡這傢伙，所以我很想相信我的理論是正確的，但我相信不了。

我覺得聽起來不像拜隆會幹的事。

第二十三章 傳聞證據

由他處聽來的證據

我在陶朗尼小店買了一包三角玉米脆餅，然後去收容所找史丹・柏里岡。我在路上思索所有自己能相信拜隆的地方，我可以相信他會騙走老婆婆最後一條固齒膏，可以相信他是家長教師聯合會的恐怖間諜，在特定情況下，我甚至會相信，他是裸體小姐宇宙選美的第一位亞軍。

但我無法相信他是毒販、縱火犯和凶手。就算那場大火和死者都是出於意外，我依然不相信拜隆會從事毒品交易。這傢伙連菸味或起司漢堡都受不了，我怎能相信他在製毒？

好吧，也許他沒有親手製造，只是賣毒，自己不沾。單純過日子，順便賣毒而已。

如果他真的那麼幹了，錢呢？他在遊民收容所幹麼？難不成他覺得收容所的房間，勝過威斯汀旅館的房間？

而且他何必賴在我們家？他絕不是為了食物而來，他一直不停抱怨我家的食物。

我很確定，這傢伙身無分文。

拜隆到底圖什麼？

我在上午八點左右來到男子收容所，但我來得太遲了。男生們全在七點鐘被趕下床，要到晚上才准許回來。不過清掃的阿姨人很好，她認識史丹・柏里岡，還知道去哪裡找他。她叫我到城中的阿格爾街，那裡全是酒吧和小客棧。史丹・柏里岡喜歡一早去那邊蒐集前一夜留下的菸

屁股。

我找到在酒館前人行道上撿菸屁股的史丹，史丹受到打擾時臉有點臭，可是當他發現我不是要來搶他的地盤後，便緩和了些。我告訴他，我要幫學校報紙寫一篇梅森會館大火的報導，想跟他談談拜隆這個人。史丹點起菸屁股，瞇眼斜睨著我做考慮狀，接著他滔滔吐出我在電視上聽到的那番胡言亂語。我火速把他的話全寫下來，以討他開心。等史丹終於停下來喘口氣時，我見縫插針提出各種問題。

「你認識拜隆多久了？」

「噢，天啊，這問題好難。也許有二十……二十五年了吧。我們是同一個鎮的，嗯……兩人都來到大城市尋找發財機會。可笑的是，我沒有找到自己的財富，海馬客棧的洗碗機裡根本沒錢。」

他用手肘頂了頂我的身側，我知道自己應該哈哈笑，接著他繼續說。

「不過拜隆就不一樣了，他有一陣子在城裡混得不錯，去念了大學等等的。人家還拿了獎學金呢，他老媽超以他為榮，直到出了事。」

「出了什麼事？」我問。

「唉，天哪，你不會想知道啦。太可怕了……一團糟。有個女孩——他是怎麼喊她的？——小妞之類的。年紀輕輕，卻已經生了個寶寶。那女孩不是什麼好貨，而且她真是舌燦蓮花，死的都能說成活的，結果你知道怎樣嗎？這是事實，拜隆也許揹了黑鍋，搶教堂的人一定是她。」

我的嘴巴突然發乾，牙齒都黏到嘴唇上了。我用口水四處潤著，勉

強啞聲擠出另一個問題。

「她為——為什麼要搶教堂？」

「唉唷，你這是在考我嘛，小鬼。這是很久前的事了，我哪能記得住？」

他脫下毛線帽，開始用一雙大粗手去搔自己的頭。他搔得非常起勁，皮屑、頭髮，說不定還有什麼小生物之類的，飛得到處都是。他終於把毛線帽戴回去，重新點燃剛被他弄熄的菸屁股了。他抽了一口，然後看著我，彷彿才又想起。

「我認為情形是這樣的，但你最好別寫下來，我不想因為在報上說錯話而挨告。可以嗎？」

「好的，就這麼說定。」

「好，那我就說了。拜隆上大學時去救世軍幫忙，我猜他想當社工或什麼的。我也是那樣才又跟他相遇，那時我老婆拋下我，我時不時會去救世軍收容所。那時我染上惡習，拿到薪資就喝個精光。總之，拜隆在收容所協助那些『難以管束』的女孩——就是那些任性而害自己懷孕的女生——然後他便遇到那個叫什麼來著的妞了。他好像挺喜歡她，我的意思是，他只是喜歡她而已。拜隆比那女孩年長很多，而且她還生了個寶寶。哪個心智正常的男人會想養別人的孩子？尤其那孩子又愛嚎啕大哭。

「總之，她雖然滿口髒話，卻是個聰明女孩，我覺得拜隆認為她也能進大學。問題是，我猜她誤解了拜隆的意圖，以為自己釣到願意照顧她和那瘦不啦嘰的寶寶的大學男生了。那寶寶看起來真可憐——」

「教堂是怎麼回事？」

史丹不再搖頭，撇下我是個可憐的寶寶的事，又回到正題上。

「我說過，這事你不許引用我的話，那是很久以前的事了，而且我哪裡懂女人？我的女人在我身邊待七個半月，就轉身跑掉了，而且老實告訴你，我們兩人可能都因此更開心些。我猜啦，小妞誤解拜隆的心意，以為那是愛。拜隆認為那是同情，等小妞明瞭拜隆的想法後，做出任何自重的女人都會有的反應。她很生氣——然後變得歇斯底里。她把寶寶丟在拜隆門口，然後跑掉了。也許是為了買毒品，或只是怨恨拜隆沒回報她的愛，原因我不清楚，反正小妞跑去搶教堂了……那叫什麼來著？所有拘謹的有錢人去的那間教堂？在牛津街……大石頭蓋的……第一衛理公會，沒錯！我奶奶就是衛理教派的，當然了，她並不富有。

「總之，拜隆曾幫教會募款，幫助墨西哥地震受災戶，那個女的就是跑去搶那筆錢。教會人士非常喜歡的漂亮彩色玻璃窗，被她搗得亂七八糟，我不知道拜隆怎麼會知道，但他發現女孩的陰謀後，便跑去追她。他跟女孩扭打時，手被玻璃割成重傷。我猜他無論怎麼做，都無法讓女孩把保險箱還回來。真不懂那些教會的人在想啥？把錢留在那裡，等銀行週一開門？難道他們不知道，外面有很多壞人嗎？

「反正警鈴響了，要不就是外頭遛狗的人瞧見他們打破窗戶，我也不清楚，反正警方獲報，兩個人逃跑了，正確來說是三個人。信不信由你，拜隆還帶著那個寶寶。

「警方花了一個星期才逮到他們，那時拜隆的手已經腫到整個化膿，只能截肢了。我敢說，他們巴不得多截掉一些。教會的人氣瘋了，

他們認為拜隆募那筆款，是為了偷去跟某個少女和她的寶寶遠走高飛。在哈利法克斯的好人眼裡，拜隆是最下三爛的人渣，拜隆從未替自己辯解，那個小妞一定也沒有。她雖然沒能讓拜隆娶她，但也退而求其次讓拜隆付出代價了。

「幾乎每個人都認為法官應重懲拜隆，但我和收容所其他人則不那麼認為。我們覺得拜隆三緘其口是因為他知道小妞有多愛她的寶寶。他知道法院不能判她重罪，因為女孩才十五六歲，而拜隆也知道他們可以把寶寶帶走。如果法官發現這一切都是女孩搞出來的，便不會把寶寶還給她撫養。於是拜隆順水推舟，當了那個把可憐女孩帶壞的壞人。他去服刑，女孩則逍遙法外。那就是事實。我看得出你跟我一樣不喜歡真相，你最好坐下來，孩子。」

「不，不用了，我沒事。那女孩後來怎樣？」

「不知道，聽說她改了名字，我猜她現在八成住在某處郊區，過著相當不錯的日子，說不定嫁了個不賴的生意人，壓根不知道她以前的黑歷史。可是拜隆呢？他斷了手，在多徹斯特監獄關了六年。現在他們又因為某件他一定不會幹的事要抓他，我告訴你，孩子，現實生活裡，一加一從來不等於二，就是這樣。」

第二十四章

歸還 償還失去或被竊的財物

史丹・柏里岡錯了，這回一加一等於二了。他的故事全都很有道理，安德年紀稍長之後，雖然不再那般猖狂，但我還是可以想像她有可能瘋狂到做出搶教堂這種事的。

我也能明白安德何以不想讓我知道此事，對一名男子投懷送抱、拋棄我、偷取地震災民的錢、讓別人幫她揹黑鍋。若被我知道其中一項，安德必會羞愧而亡。

難怪拜隆出現在我們家門口時，她那麼不開心。她怕拜隆多嘴，但她能怎麼辦？人家為我們做了那麼多，她總不能趕人家走吧。

拜隆也很符合故事設定，他雖然裝得跟鄉巴佬一樣，但我從來不信。我一向知道他很聰明，非常聰明。唯有真正的天才，才懂得如何做到那麼討人厭。

我甚至明瞭他為何會那樣，拜隆有絕對的權利去恨我們。安德有公寓，拿到了法律學位，而且還有一份職業，雖然沒有做很久。拜隆當了好人，結果得到什麼？一份犯罪紀錄，而且不像我們其他人要剪那麼多指甲。

要是我，也會很火大。

有一瞬間，我覺得也許那就是他出現的原因——為了讓安德難過，坐立不安。

但我知道事情沒有那麼單純，拜隆說過需要安德做點事。我猜與康

蘇拉及梅森會館的大火有關——但究竟是什麼？這之間有何共通處？

早晨十點左右我回到公寓，順便拿信。電話帳單、電費、水費、跟安德學生貸款相關的信。唯一的好消息是戰火截肢基金會又寄來了一個包裹。

看到包裹，我差點笑出聲。安德和她的蠢鑰匙，接著我才恍悟，這些年她為何如此支持基金會，安德不僅是為了取回鑰匙，幫助那些傷殘孩童，更為了讓自己做個誠實的人。每一天，她鑰匙鍊上的小牌子，都會讓她想到拜隆和他做過的事。也許安德待拜隆如糞土，但她知道自己虧欠拜隆很多恩情。事實上，我覺得就算她後半輩子都去參加反貧窮抗議、把壞人關進牢裡、不再使人們的救濟金受到剝削，她依舊還不了拜隆的人情。

相信我，假如我為了幫助別人而去坐牢，並失去一隻手，我一定會討回一大筆報酬。

我走進廚房，試著再次整理，把安德所有工作上的垃圾倒回硬紙箱中，只留下她的行事曆、留言與照片，擺到桌上。我撕下火燒梅森會館的報紙首頁，一併放在桌上，然後拿出間諜錄音機的帶子，以及史丹的談話筆記，試圖將這些資訊拼湊起來。

最後的結論是：我完蛋了。

我不能打電話報警，自己又解不出答案。我既崩潰又孤獨。我家老媽跑了，連吃的都沒留給我，除非把她的咖啡奶精粉當食物。去他的「冰箱裡有吃的，甜心！」她到底想幹麼？在傷口上撒鹽嗎？「你餓了，但沒有食物！哈哈！再見！」

我思忖她到底想做什麼？從我收到那個奇怪的留言後，發生了那麼多事，我從沒想過去查看冰箱。也許老媽知道自己必須離開，真的給我留了食物。你可以說安德很多壞話，但你必須承認，她總是會照顧我。

我奮力打開冰箱的門，一股冷氣流了出來。我原本希望能看到冷凍千層麵或甚至兩三片披薩，可惜運氣不佳。冰箱裡空空如也。

僅有一個大文件夾。

第二十五章

所有權

不動產之擁有權

安德還說她在球員菸草盒裡留了錢給我，叫我好好去吃一頓。當我發現晚餐只是一堆法律文件後，心想最能期待的大餐，大概就是一張過期的電費帳單了。但我還是把菸盒拿下來了。

裡頭扎扎實實放了八十七元現鈔。安德一定是在離開前，把銀行戶頭提領光了，若非如此，那就是我剛好找到她的私房錢。

我沒再多看檔案夾一眼，直奔陶朗尼小店，給自己買了三份微波速食餐、兩公升巧克力牛奶、一大袋炸薯條和一些奧利奧餅。喬伊問我是不是要開派對，我說沒有，這只是我的午餐。喬伊真的停止刷臉書了，

他盯著我哈哈笑了起來。

我在狂吞第一份晚餐時，看了文件夾。裡頭大部分是安德的活頁紙筆記，寫得亂七八糟。肚子空空如也的我，根本無法解讀。我把筆記放到一旁。

剩下的似乎是不動產的東西，看來安德針對梅森會館做過產權調查。產權調查就是該房產的超級無聊史。一棟建物出售時，你得確定其中沒有人搞鬼，賣房子的人確實擁有他所說的產權，因此你會聘請律師檢查所有每次物產易主時的文件。

我指的是每一次。我們在法學院所做的產權研究，一路追溯到一七〇〇年左右，一位士兵獲得的國王賞地。（那個案例的唯一問題是，國王無法證明他如何從土著那裡獲得這片土地，但當時的人似乎都無所謂）。

梅森會館的產權調查並未追溯到那麼遠，烏尼亞克家族一八〇二年買下地產，然後一八八六年由梅森家族買下，在一八八八年蓋會館，一九九八年轉賣給新斯科舍省（譯注：加拿大東南岸省分）的遺產保護協會。

非常單純，唯一異常之處，是一八八九年，該資產被加上禁反言原則（estoppel），安德用黃筆把「禁反言」三個字畫起來，打了一顆大星號，還在旁邊寫一堆驚嘆號。她在下頭寫道：**FLLW THE $!**

禁反言一事顯然激怒她了，可是為什麼？

FLLW THE $!我猜是「flow the dollar，挪錢」的意思，但我實在參不透其中涵義。接著我發現，安德寫了兩個1。

裡頭再加兩個o，就得到「follow the dollar，跟著錢走」了。

嗯。「跟著錢走！」我常聽安德這麼說，那是舊式的政治用語。意思是，如果你想查出誰犯罪，就找出誰從中撈到油水。犯罪即動機。

看來安德認為有人因為禁反言原則，而海撈一筆。很好，但什麼是禁反言原則？

我又試了一遍。

Es.

Top.

Pel.

噢，天哪，我想起法學院學的了。我的意思是，我想起「estoppel」這個字了，至於確切的涵義，則毫無頭緒。我已經很累了，但想到這攸關安德的生死，我一定能理出頭緒。

可是沒辦法。我只是呆呆坐在那兒搔著腦袋，像一隻在做兩位數除法的狒狒。

我到底怎麼回事？我甩自己一巴掌，告訴自己：「用點腦袋啊，白痴。」

我必須查出「禁反言」的意思。

現在、馬上、立刻。

我翻遍安德的房間，希望能找到她的舊法律字典，可是沒找著。她實在太不會整理東西了，真不懂我幹麼白費功夫，你大概知道我有多麼絕望了吧。

我咬著指甲邊的倒刺，心想，我可以打電話給雅圖拉，問她「禁反

言」是啥意思。

那應該可以。

不，不行，雅圖拉會說：「西羅，你何不去問你母親？對了，你媽媽人呢？」

沒錯。

我可以去城中圖書館用谷哥查。

也不行，城中圖書館關閉在裝修，我又不知道其他圖書館在哪裡。

我可以去法律圖書館。

錯。我需要證件才能進去。

又錯了！我有證件！是安德的卡片。

我甚至知道卡片在哪裡，從我站的地方就能看見了。安德用卡片撬開窗戶，以便在自己房裡抽菸，不讓我知道。（我有那麼好騙嗎？）

我用力把卡片拔出來，窗子又重重關上了。我簡直無法相信自己運氣這麼好，雖然證件卡有點彎，而且弄髒了，但效期還有兩個月。

現在只有一個問題。

卡片上有照片，拿到安德的卡對我沒有任何好處，因為安德的臉沒長在我身上。

第二十六章 不實陳述

給人錯誤印象的行為或陳述

假如我有更多時間，應該能想出更好的解決之道。我一定想得出來，我的意思是，雖然我正在穿安德的裙子，但心中同時轉著其他點子。我可以打電話給安德法律學院班上的珍妮・理查森，可以去找那個曾經喜歡她的克萊格。拜託，任何律師都能告訴我「禁反言」是啥意思。

可是我不能去問，不能浪費時間找他們，不能冒險讓任何人起疑，我必須忘掉這檔事。我回去翻安德的抽屜，找出勉強湊成一對的絲襪，我原本考慮拿襪子塞到胸罩裡戴上，可是我雖然想救老媽，但犧牲還是有極限的。

我穿上鞋跟最高的靴子，希望看起來夠高，然後在指上套了約十五只戒指，開始用繃帶纏住自己的頭。我把整顆頭纏起來，除了眼睛，什麼都不露，就像《神鬼傳奇》裡的木乃伊。若有人問起，我會說自己出了可怕的意外。

不，不對。

我會說：「我動了大型整容手術。」

我忍不住咯咯笑了，安德要是聽到我說這種話，一定會把我宰了。

我甩自己巴掌，都什麼時候了，竟還笑成這樣。我穿上安德的外套，然後離開。

接著又跑回來。

安德的眼睛是藍的，我的是棕色。

會有人注意到嗎？我大概想太多了，但我不想為這種小事而喬裝露餡。我把耳朵從繃帶底下抽出來，戴上太陽眼鏡，才又出門。

法律圖書館的門警布萊里先生正在檢查證件，幸好我戴了太陽眼鏡，他一定馬上能看出安德的眼睛不是棕色。老先生年約八十，仍相當硬朗，老愛大聲叫人寶貝。你能相信這些老傢伙嗎？也許他們覺得，年紀夠老，別人就不會跟你計較任何事了。

不過我還是必須給他按讚。老先生發現或自以為發現，纏在繃帶下的竟是安德時，他真的開始哭了起來。「噢，我的天哪！妳怎麼了，孩子？」

「沒什麼。」我在他的登記簿上很快寫道，「只是做了點整容手術。」

「整容手術？妳幹麼去做那種事？」他望著我，彷彿我剛剛鋸掉自己的雙腿。「妳的臉已經夠漂亮了！」我揮揮手，一副「唉唷，少來」的樣子，然後寫道，「我下週會好很多，而且比以前更美。」我眨眨眼，用手肘推他。

老先生搖搖頭說：「到時妳再回來，讓老葛斯看看。」

我點點頭，他放我進去了。

我直奔法律辭典，沒有人多看我一眼，他們都太有禮貌了。

我找到E，翻到要找的書頁。律師們使用「禁反言」一詞，就像我們其他人使用「那個東東」一樣的稀鬆平常。我翻看一大堆定義。

因立有契據而不容否認（estoppel by deed）

因已記錄在案而不容否認（estoppel by record）

允諾的不容否定（promissory estoppel）

不是我要找的。

不是。

不是。

因既有行為而不容否認（estoppel by conduct）

嗯。

若一個人使他人相信，特定事項是真實的，而使對方據此行動，那麼此人在後續過程中，便不能否認那些事項為真實。

我現在全想起來了，這個詞實際上並沒有聽起來那麼複雜。（有時你會懷疑，律師把事情搞得那麼難懂，是為了讓人掏錢請他們解釋。）

我想起安德在準備財產法考試時練習的一個案例，大致情況如下。

甲先生蓋了一棟房子，房子有一部分蓋在鄰居的土地上，咱們且稱鄰居為乙太太。乙太太明知房子占用到她的資產，但偏偏等房子蓋完後，才採取行動。她一狀把甲先生告上法庭，要他把房子遷走。法官不買乙太太的帳，說道：「妳早知道甲先生在妳的土地上蓋房子了，妳應該在他蓋完之前就表示意見，現在叫他搬遷，費用高太多了。」

這就叫權益（同樣是顯示「老子比你們聰明」的法律用語，意思就是指「公平」），硬要叫這可憐的混蛋拆房子，並不公平，但叫鄰居把土地白白給他，也不公平。

因此法官對本案施用「權益法則」，而她會利用法律去拉鋸調節，直到情況變為公平。

法官在這財產上附上「禁反言」法，意思是，甲先生不用拆遷房

子，可是若房子出了任何狀況──例如燒毀──乙太太便能取回她的土地，任她使用。

我重重闔上字典，想說：「找到了！」安德在「禁反言」這個字上面劃重點，就是為了這個原因。她認為梅森會館大火，使某人從中得利，某個想取回那塊土地的人。但會是誰呢？

拜隆又怎會牽扯進去？

坐巴士回家的路上，我一直思索這個問題。我幾乎能聽見《危險》這首歌的曲調不斷響起。

答──滴答答。答─滴─答──。答──滴答答。答─滴……

就在車鈴響前，我自問自答：「啊……誰是那個無家可歸的人？」

報上說，像拜隆這樣的遊民和他那位去世的朋友，以前常溜進空蕩蕩的梅森會館打尖廝混。也許拜隆在那裡看到他不該看的東西。

或者有人說服拜隆，幫他們把會館燒掉，並告訴他，那是為了大家好。

或者拜隆是在幫別人揹黑鍋，雖然你以為他現在應該已學到教訓，不再幹這種事了。

這些推論多少都能說得過去。

我走下巴士，拎著襯衫，一路踩著靴子回家。人們用怪異的眼神看著我，有個傢伙抓住我的臂膀說：「你這個樣子能跑嗎？要不要我幫忙？」我甩開他的手，繼續狂奔。我非跑不可，我剛才想起，我把火雞餐忘在微波爐裡了。

第二十七章

嫌犯

與犯罪相關，被執法方追緝的人士

等我到家時，火雞已經變得慘不忍睹了，但我不在乎。當時兩點半，我餓歪了。我在繃帶上撥出一條能送入叉子的裂口，然後開始狂吞又冷又硬的速食餐。

我狼吞虎嚥了一陣子，感覺好爽，就像又變成一個小小孩。我腦中只能想到，嗯，好吃，好好吃，嗯……好吃。嗯，再多吃些，再多一些，我還要還要還要！

痛快的感覺並未持續太久，等飢餓感受到控制後，我的腦袋又開始運作了。我開始思忖所有找到的資訊，要消化的東西好多——我指的是資訊，而不是晚餐。（老實說，速食餐的馬鈴薯泥分量，從來不夠我吃。）我思前想後的捋過一遍，心不在焉把玩桌上的東西，當我把安德在移民資源中心的照片翻過面時，發現照片背後寫了一些我之前沒注意到的話。

由左至右：雅圖拉・梵瑪（梵瑪律師事務所）；移民資源中心榮譽主席及水岸建設公司董事長鮑伯・琦斯林；安得・麥克恩泰（梵瑪律師事務所）。

哼，我心想，他們把安德的名字寫錯了，她一定超不爽。我把肉醬裡的豆子挑出來（我雖然很餓，但還不至於餓到想吃豆子），突然想到一件事。我再次拿起照片。水岸，有點巧吧，我心想。安德在水岸區耗費這麼多的時間，而這傢伙又是水岸建設公司的董事長。

接著我想到，鮑伯・琦斯林。

B.C.

BC—Wtrfrnt

我放下叉子，抓起安德的行事曆開始翻閱，檢查安德與B.C.會面的時間。

下午三點四十五。

下午四點。

下午五點十五分。

如果她一直與拜隆會面，我應該知道。我會在家——而拜隆就不會在家了。

B.C.不可能是指拜隆。

我鬆了一大口氣，但事情仍懸宕未決。直到這時，安德跟拜隆在水岸區會面，是我唯一能想出來的「事實」，其他一切，都只是我依據其他推論，自己瞎猜亂編的，根據其他的理論，依據其他推理……

我好想再次放棄，但我沒有。我只是踹了桌子一腳，朝窗口扔了幾顆豆子，然後繼續埋頭苦思。我告訴自己，好吧，如果B.C.是鮑伯‧琦斯林呢？我能想到什麼？

我回想安德失蹤當天，原訂在三點鐘與B.C.碰面。也許安德見到他了，或許他就是雅圖拉所說的，那位被安德放鴿子的重要人士。鮑伯‧琦斯林董事長。可以說得通。

接著我想到FLLW THE $!這句話。我想起他那輛豪華的BMW，這傢伙顯然很喜歡錢。我再次看著照片，上面標示B.C.經營一家建設公

司。

他工地在哪裡？可能在梅森會館附近嗎？該去網路上查查看了。我無法再去法律圖書館跟布萊里先生眉來眼去，這附近一定有我不用變裝就能上網的地方。

陶朗尼小店。

喬伊總是掛在網上，我覺得他欠我一份人情。那個球員菸草盒裡的錢，有三分之一都跑到他的店裡了。

我脫掉安德的衣服，穿回自己的衣衫。公寓鑰匙埋在廚房桌子垃圾下的某一處，我沒那個閒心再去找了，便撕開戰火截肢基金會的信封，拿著安德的鑰匙離開。

第二十八章

區域管制條款

為特定區域制定的規章、行政或管理辦法

你一定會以為我在要求喬伊把他的一顆腎臟捐給我，因為喬伊從筆電上抬起眼說道：「你自己去弄一臺電腦啦！」

我說：「別這樣，喬伊，你又不是不知道安德！她怎麼可能付錢買wi-fi？不可能嘛。我的地理作業明天就得交了，你不會希望我當掉吧？」

他抬眼怒目瞪我。

「十分鐘。」他說，「還有，不許檢查我的瀏覽紀錄。」他把筆電推給我。

「您真是位王子，喬伊。」

他用手一把推開我說：「坐到那兒，別讓人看到。我不希望別人以為他們可以直接跑進來他媽的用我的筆電，把這裡當成網咖之類的地方。」

我把筆電放到角落的小冰箱上，開始忙起來。

有一點可以確定的是，鮑伯・琦斯林不是害羞低調的人。我把他的名字輸入谷歌，結果得到三百條相關資訊，他出現在每個願意接納他的慈善機構裡，尤其偏好與疾病相關的組織。癌症、多發性硬化症、大腸激躁症……看了一會兒之後，我發現他若幫粉刺防治協會或股癬搔癢組織募款，也不會太奇怪。

八月二十日——信不信由你——他原本可以待在熟悉的哈利法克

斯，享受愉快的慶生會，但鮑伯卻跑去在撒斯喀徹溫省的穆斯喬。網路上先是出現他支持口臭研究的名人自行車競賽裡。（口臭，顧名思義，口氣不佳，這還需要研究嗎？這些傢伙是沒聽過爽口糖嗎？）

琦斯林也相當熱衷移民事務，但這一點我已經知道了。《平民日報》上有篇文章，報導他捐贈給新移民資源中心的所有款項，以及多年來他幫助過的移民。琦斯林有過非常悲慘的過去，母親是古巴難民，在革命之後來到加拿大，他很了解在新的國度重新展開生活有多麼艱難。

我必須承認，鮑伯・琦斯林第一眼看上去，並不像那種可能會放火燒房子，有犯罪傾向的人。

而且他的事業似乎很受人尊敬（我會知道才有鬼），根據網路報導寫的，他主要好像是蓋公寓與獨立式公寓類的房子，但不是蓋在我們家

鄰近，而是在市中心或水岸等這種有錢人喜歡住的地方。他甚至買下遠在聖瑪格莉特灣，頗有年代的泊奇海遊艇俱樂部，並試圖把俱樂部改建成獨立式公寓。有篇文章詳述他辦了一場盛大的慶祝派對，宣布「泊奇海莊園」的創立，他似乎興奮到無法自抑。

「聖瑪格莉特灣從未見過任何類似泊奇海莊園這樣的房子！」知名慈善家暨建商鮑伯・琦斯林自豪表示，「一流的建築、奢華的環境，當然還有世界級的海景，將使這片新建的社區，成為加拿大東部最搶手的地點！」

不過在接下來的報導中，鮑伯似乎就沒那麼開心了。有一群住在泊奇海的居民將他一狀告上法院。好像是法律規定，鮑伯不得在休閒用地上蓋房子。他去法院申請變更地目，可是地方人士不買單。法官要他們停工，鮑伯在一張大照片裡的樣子，彷若沒有半個朋友來參加他的生日派對。

「我們所面臨的法律問題當然很令人受挫，」四十三歲，曾擔任調酒師的鮑伯・琦斯林表示，據說他為華麗的海邊房產投入了三百多萬加幣。「但我最擔心的，是此事對聖瑪格莉特灣經濟造成的破壞效果。泊奇海莊園能為這片處於經濟劣勢的地區帶來數百個工作機會，我真的不知道本建案若無法進行，那些人要去哪裡找工作。」

不過這篇報導最令我感興趣的是，水岸公司購買哈里波頓大樓，文中只簡短提到：

水岸建設董事長鮑伯・琦斯林宣布以兩百六十萬加幣，買下前哈里波頓大樓。該大樓位於古老的梅森會館隔壁，大樓將改建成豪華住宅，

預計明年六月開幕。

我張大眼睛。位於梅森會館隔壁。不知琦斯林先生對「禁反言」可有興趣？我在點開「市政廳筆記」時，很清楚自己要找什麼。

水岸開發建案停工。昨日晚上投票結果：哈里波頓大樓地目變更一事，遭到否絕。開發方並未提供充足的停車空間，供五層樓住戶使用。水岸建設公司董事長鮑伯・琦斯林對這件數百萬加幣開發遭禁一事表示：「我們面臨的法律問題，確實很令人挫折……」

等等云云。

這傢伙顯然需要唱點新調。

我對錢的事一竅不通，對我而言，塞在球員菸草盒裡的八十七塊錢，已是一大筆錢了。鮑伯・琦斯林的一條短褲，也許都不止這個數。

但我忍不住想，在不到一年的時間內，兩個建案遭到關閉，即使對他來說，也是損失慘重吧。你買下房地產後得付貸款（那是我上不動產法唯一記得的事），如果他無法出售那些公寓，如果他連蓋都沒辦法蓋的話，如何支付貸款？

我下線後把筆電交還給喬伊，打從他將筆電交給我後，就跟頭被鍊住的狗似的喘來喘去。

「找到你要的東西啦？」他嘟囔著點進臉書。

「希望不是。」說完我走向巴靈頓街。

以前梅森會館周圍，有大的木頭圍籬。實在太可惜了，會館是一座很酷的建築，有各種捲曲裝飾，以前的人手藝真巧。

我繞過街角，來到王子街。梅森會館原址正後方有面大告示牌。明

年十月開幕：哈里波頓大廈！水岸建設公司又一豪華鉅作。

世事難料，看來拜那場大火所賜，鮑伯・琦斯林突然找到一些停車空間了。

第二十九章

擅闖（一）

擅自侵犯他人財產或權利

我不知道自以為會看到什麼，但我決定溜到木頭大圍籬後方，四處探看一番。哈里波頓大樓空空蕩蕩，梅森會館的舊址只剩一大片焦坑。四下無人——我猜大家全放假了——於是我開始四處隨意踢著殘灰，尋找……我也不清楚，大概是想找到某種可疑的東西吧。嘿，我可是堂堂的西羅・麥克恩泰，縱火調查員呢。

別鬧了。縱火是最難破的犯案，連專業人士都很難搞得定。（你想想看，證物都被燒成灰了。）我真以為自己能破得了這樁案子？這就像在巨大的烤肉坑裡找一根針。

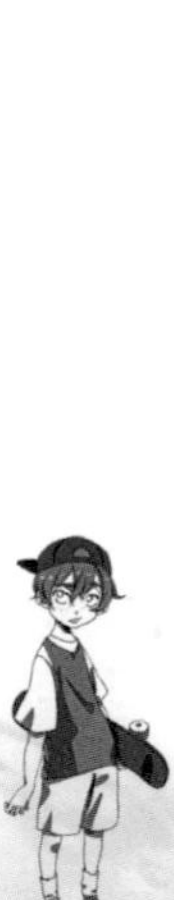

就在我打算離開時，有個戴頭盔的傢伙從哈里波頓大樓裡走出來，對著我尖喊：「喂，你啦！小鬼！你在這裡做什麼？你不識字嗎？不許侵入！快滾！快點滾，免得我把你扔出去。」

看他朝我衝過來的氣勢，我相信他說的是真話。我正想從圍籬的間隙間鑽回去時，又有另一個聲音蓋過那傢伙的喊聲。

「冷靜點，丹尼！冷靜。他只是個孩子。」我轉身看到鮑伯・琦斯林對我微笑。我立即認出他，他比照片裡看起來更壯碩，而且又是一身打著領帶的西裝革履。他是那種隨時得顯擺一身貴氣的人，即使在一堆殘垣瓦礫堆裡。

「不過他說得對，孩子。」他說，「你不該跑來這裡。工地很危險。」

「噢，對不起。」我說，「我只是很好奇後面這裡在做什麼。」

這是大實話。

琦斯林哈哈笑著，把他的頭盔扔給我。「我小時候跟你一樣！喏，把這戴上，我帶你稍微看一下。」

丹尼，就是第一個傢伙，翻著白眼，用力搖搖頭，我覺得他都快把牙搖掉了。他顯然不贊成讓小孩對建築工地太好奇。

鮑伯工程師（譯注：兒童影片主角）無所不知，他讓我看工程藍圖，哈里波頓大樓如何拆到僅剩骨架——抱歉，人家稱之為「結構」——然後重新建造。他甚至帶我到五樓，從「頂級豪華頂樓套房」觀賞海港。

我說：「好漂亮的景色。」

他說：「謝謝。」

我答道：「尤其是在梅森會館燒毀後，是吧？」

他眼神一凜，但除此之外，一切表現正常。他拍掉漂亮西裝上的灰塵，一邊琢磨接下來要說什麼。他終於表示：「那件事實在太不幸了。」他悲傷的搖搖頭，彷彿此事令他傷心欲絕，然後他雙掌合拍，說道：「嘿，我真的很高興見到你，不過很抱歉，小老弟，我現在得離開了。」

我大大誇讚他為人和善，還帶我參觀。我們回到前門時，他說：「等你稍大一點，何不來找我？我看能否幫你在附近找份工作，你對營造似乎很感興趣。」

「噢，太感謝你了。」我說，「可是我還不知道您的大名呢。」我

的聲音甜膩到快把自己噁吐了。

「天啊，我真糊塗。」他說，「我叫鮑伯・琦斯林。」

我說：「鮑伯・琦斯林？您就是鮑伯・琦斯林？您好像認識我一位朋友喔！」我手裡依然握著他的大熊爪。

「是嗎？誰？」

「安德・麥克恩泰。」

你知道在拍學生照，剛好被人拍到眼睛半閉，嘴巴歪斜的那種樣子吧？鮑伯就是那樣。他整張臉凍結成一個怪表情，彷彿被電擊槍擊中。他終於恢復正常，鮑伯嚥著口水，撫平一頭完美的頭髮，然後抬眼望著天空，似乎很認真在思索此事。「安德・麥克恩泰？安——德……麥克恩泰？」他說，「不，不認識，很抱歉，但我想我並不認識她。」

第三十章

犯罪意圖

邪惡目的與犯罪心態

人家說，事情的結果絕沒有你想像的糟。

以前我是相信的，我這輩子遇到的大部分情況，也確實如此。畢竟，我的床底下沒有躲著鱷魚，我的二年級老師不會把小朋友綁起來塞到她的書桌裡，我起身跳舞時，沒有人哈哈大笑，而安德和我也從來不曾流落街頭。

我們總會遇到好事。

我們會收到支票，安德找到一份工作，有人送我們第二片披薩免費的優待券。無論如何，生命從未如我所想的那般糟糕，事實上，狀況總

是持續比以前稍加改善。以前我們家徒四壁，僅有地板上的一張床墊、一張桌子和一把聞起來像起司的椅子。現在我們家的地上有兩張床墊、兩個櫃子、一張沙發、各種燈具、餐椅，和一架幾乎都不會壞的電視。我真心相信，若照這樣繼續發展下去，有一天我們甚至能看得起有線電視。

然後就出了這件事。在所有過程中——拜隆的出現、安德失蹤、雅圖拉將她解聘——我心底有個小小的聲音不停的說：「不會有事的，問題總會過去。」可是並沒有，事情從不佳變成糟糕，再變成非常非常恐怖。

沒錯，就是這樣。非常非常恐怖。

我遇到琦斯林後，從哈里波頓大樓走回家，時值晚上七點，天色剛要轉黑。我渾身抖得有如發射前的火箭，或即將爆炸的炸彈。我就是那麼的害怕。

我已經找到縱火動機了——為了取得停車空間。我找到有縱火動機的傢伙了——鮑伯・琦斯林，而且我知道他認識安德，我有他們的合照。也許我可以相信他不記得安德，像鮑伯這種大人物會遇見很多人，可是若他不記得，他為何不是說：「我想我並不認識**他**」？

琦斯林說的是：「我想我並不認識**她**。」如果有人跟你提到一位不認識的人，名字叫「安德」，你不會自然而然的認為他們指的是男生嗎？我就會，但我母親的名字就叫安德。

鮑伯・琦斯林認識她，而且我覺得他也知道安德在哪裡。

我猜測安德在追索錢的流向時，跟我一樣遇到同一個人，鮑伯・琦

斯林。唯一的差異是，她沒法管好自己的大嘴巴，跟琦斯林表明她在調查他了。

我不知道在那之後出了什麼事，若如我所料，鮑伯真的為了幾個破停車格燒掉會館，那麼他會如何處置阻撓他的人？

他已經對安德下手了嗎？

我想像鮑伯帶著——不，我絕不告訴你，我在想什麼，我甚至不願去想，那真的把我嚇壞了。我的牙齒喀喀發顫，抖到眼睛都快眨出摩斯密碼了。我覺得自己就要跌倒了，我不希望別人以為我有問題，倒霉的話，他們會叫醫生——或警察來。

我必須坐下來，表現出正常的模樣。（像我這種人，做起來相當難。）

咖啡店有個大窗臺，我挨著牆壁走到窗臺邊歇息，裝作在等公車。

我努力深呼吸。

吸，呼。

吸……

呼。

我閉上眼睛，繼續緩緩深呼吸，直至不再顫抖。吸進這麼多氧氣，害我有點頭昏，我迷迷糊糊閃過一個相當不錯的念頭，整個人立即覺得好多了。我忍不住微笑，張開眼睛，起身一路跑跳回家去。

我心裡是這麼想的：我並沒有那麼聰明。

第三十一章

起訴

對個人提出民事訴訟，把人告上法庭

我是在開什麼玩笑？我才十四歲，我真的以為自己比警察聰明嗎？難道我是唯一知道「禁反言」是啥東西的人？如果琦斯林真的幹了什麼事，警方不會去查他嗎？

我犯了個大錯，琦斯林顯然無罪。他沒有燒毀會館，所以他也不會綁架安德，因為他沒有任何理由那麼做。安德也許只是像她說的，會晚點回來吃晚飯——會晚好幾天。

天啊，自覺蠢笨的感覺真好，至少有十分鐘感覺不錯。

我離家裡一兩條街時，突然想起琦斯林當時的表情，好心情隨之一

掃而空。無辜的人，眼神不會那般狂亂。

我很篤定，琦斯林是那場大火、是安德失蹤的幕後黑手。我不能為了讓自己心裡好過，假裝他不是。禁反言，停車場，那狂亂的眼神，全都合情合理。

警方為何不去抓他？我踢著街上的汽水罐，思索著各種可能。

也許他們不知道有禁反言條款，那是一百年前的事了，或許沒有人想過要做產權調查。

我猜有可能，但古蹟保護人士應該知道吧，他們買下梅森會館，應該做過產權調查。也許有人跟警方提過，那是燒毀會館的明顯動機。

或者，警方握有太多對拜隆不利的證據，懶得再追查其他線索了。人們知道拜隆失火當晚去了梅森會館，警方在那兒找到他的指紋。拜隆

在大火之後失蹤，又有前科。要不是我認識那傢伙，我也會認定是他放的火。

可是還有另一種可能，一種我覺得最合理的可能。

也許警方把事情拼湊起來，得到與我相同的答案——火是琦斯林放的。

好吧，警方為何沒有指控他？我把汽水罐往麥克里多藥局旁邊踹了幾次，一邊思忖著，我對這場火災究竟了解多少？

那是一棟受保護的文化資產。

汽水罐撞到側邊的鋁板時，發出輕脆的聲響。

流浪漢會去那裡。

碰。

有個傢伙死了。

碰。

在八月二十日當天。

碰。

碰。

碰。

嗯，我心想，那是個大日子。梅森會館燒毀了，我成為一名青少年……可是還發生了別的事。究竟是什麼？

我腦中有個小小的聲音嘎嘎作響，像一處我撓不到的癢，我忘了某件很重要的事，某件跟那天有關的……

我再次踹著汽水罐，努力思索。

我生日那天發生什麼事？

沒事。就是一般日常。工作、大麥克套餐、玩拼字遊戲。

我的腦子還是停不下來，還有別的事。

我懊惱的奮力把罐子一踢，罐子撞在藥店窗口，彈回街上。

不知是因為藥劑師對我怒吼時，呼在窗上的口氣，還是牆上那張李施德霖漱口水的大廣告，總之我突然想起來了。

口臭。

自行車競賽。

琦斯林在我生日那天，贏了口臭協會的自行車比賽！

在撒斯喀徹溫省。

就是那件事！

大火當日，琦斯林人在千萬里之外，他沒幹那件事，他不可能做到。

你以為我會因此安心嗎？沒有，我的心情又七上八下了。

他沒放火，因為我看到報上的照片。

火是他放的，因為我看到他臉上的表情。

沒有放。

有放。

沒放。

有放。

我來來回回拉鋸。是琦斯林幹的——他有十足的動機。不是琦斯林放的火——他有鐵證如山的不在場證明。

至少我知道為何警方不指控他了，即使他們懷疑他，也得要證據，真正的證據、證物、目擊證人、合理而可能的理由。沒有這些，他們啥也不能做。憑直覺就指控琦斯林，一定會被他告到死。

我猜，那表示我比警方更有利，因為我並不需要證據，我只需要找到安德即可。

第三十二章　窩藏逃犯

藏匿逃逸的罪犯

我用安德的鑰匙進入公寓，我只想打開電視，扭大音量，這樣就不必聽到心中理性與直覺的戰爭了。可是我沒開電視，只是坐下來盯著牆壁，試圖整理出一套合理的說法。每個人各自的打算是什麼？原因又是什麼？我花了很長時間，才把所有線索拼湊起來，最後得到這個結論。

梅森會館大火當晚，拜隆就在那裡。他看到了某些事，也許看到有人縱火，但他是侵入這片私領域的慣犯了，有誰會相信他的話？說不定他料到警方會讓他揹黑鍋。

拜隆早知道安德的狀況——我猜是透過移民資源中心。他是個熱心

的志工，而且會說西班牙語。我能想像他在那邊幫忙的模樣。也許他見過安德，或聽說過她的事，並發現那位大律師（哈哈）竟然就是長大成熟的小八婆。他沒透露半點口風——或許他比安德更不想見到對方——但後來發生火災了，他需要安德，需要有個藏身處。於是拜隆找到安德，安德收留了他。

我一直沒想通的是康蘇拉。她跟此事何干？我細想對她所知的一切。

康蘇拉是移民。

一名說西語的移民，與拜隆有關聯，也許拜隆是康蘇拉少數能談話的對象之一。

她是個臂膀纏著繃帶的西語系移民。

有沒有可能是燒傷？

我衝進廚房，把冰箱裡的檔案再翻一遍，該是解讀安德筆記的時候了，康蘇拉在公園會議裡跟她說了什麼？

我看著活頁紙，發現我可能永遠不會知道。安德的字跡亂到匪夷所思。我的意思是，我用腳趾夾破蠟筆，都能寫得比她清楚。

我以前見過這樣的筆記，過去安德上課時，常常幹這種事——不去看自己在寫什麼，結果等回家後，完全看不出那些鬼畫符是啥。記得我在許多夜裡，試著幫她解讀筆記，我想，我應該慶幸自己有過這麼棒的練習。

我把紙張撫平，瞇眼瞧著，將紙倒翻過來。經過半小時後，我只能讀出這麼多。

C.R. imm 2 yrs ago. Kds in Mex. Hsekpr 4 BC. In Jn BC accsd CR stlng $$$. BC dprt CR?

See DOH-NUTZ.

BC sd bldg wd b mt & no 1 gt hrt. K died. CR wnt to BC. BC sd jail. Nvr see kds.

第三十三章

威脅

為迫使對方放棄某種重要事物，而揚言傷害

你可曾忘記準備考試？

就是那種感覺。

我盯著那些字半天，連半句都搞不懂，我準備被當了！可是這回我不會被教訓說我有責任搞清楚功課什麼時候該交，而是有人會傷害我母親。

如果他們還未下手的話。

我被逼著聚焦眼前的問題。

我變得比較實際，不去想自己不知道的事，而專心思考我所知道的事。

DOH-NUTZ（甜甜圈），這個簡單——而且很典型。安德餓了。不過感覺怪怪的，她跟康蘇拉談話談到一半，竟然幫自己寫這種筆記。不過安德就是那樣奇怪的人。

解決一個字了，還有三十三個字。

一會兒後，我發現剩下的字謎並沒有想像中那麼困難。安德只是又去掉母音罷了，我看得懂「Kds=kids，小孩」，猜出了「Jn=June，六月」，有些其他簡寫，我記得安德的法律課筆記會用。Sd=said，說。Mt=empty，空的。Imm=immigrant/immigrate，移民者／移民。而Dprt一定就是deport，遣送出境了。

但真正令我心驚的是Hsekpr B.C.。

仔細想想，Hsekpr B.C.。

Housekeeper。Bob Chisling。管家。鮑伯・琦斯林。

康蘇拉是琦斯林的管家！所以她才會在那兒，原來這就是關聯。

我士氣大振，完全了解科學家在發現治療癌症的方法、找到奇怪的基因、或讓可可球在牛奶中也能保持酥脆的辦法時，是什麼感受了。那感覺就像**可以的**！我可以辦得到，我可以自己解決這件事。我很快翻看安德剩下的筆記。

C.R. imm 2 yrs ago. Kds in Mex. Hsekpr 4 BC. In Jn BC accsd CR stlng $$$. BC dprt CR?

康蘇拉兩年前移民到哈利法克斯，把孩子留在墨西哥，在鮑伯・琦斯林家擔任管家。琦斯林在六月指控她偷竊大筆金錢。鮑伯表示他本可將她遣送出境。

我略過See DOH-NUTZ的部分，繼續往下看。

BC sd bldg wd b mt & no 1 gt hrt. K died. CR wnt to BC. BC sd jail. Nvr see kds.

琦斯林說，大樓會清空，不會有人受傷。K死了。康蘇拉跑去找琦斯林，琦斯林說會坐牢，永遠見不到妳的孩子。

康蘇拉知道是琦斯林放的火！她打算舉發他！琦斯林說，她若敢那麼做，就要告她偷錢。

是的！我搞懂了。

不對，我沒搞懂。

大火當晚，琦斯林人在撒斯喀徹溫省，我老忘記這件事。

我再次盯著紙頁，所有的簡寫此時都看懂了，可是那些字拼湊起來還不夠合情理。我到底漏掉了什麼？

DOH-NUTZ！

我之前怎麼沒想到？安德寫的不是dnts或dnuts或donuts或任何讓她記住得在回家路上買一打甜甜圈的簡訊。

她寫的是Doh-nutz。完整的字。事實上，她的DOH-NUTZ用的是大寫。她是在講一樁法律案件！剎那間，一切全兜攏了。

你知道我若嘲笑雅圖拉的客戶，安德就會很怒，她會訓斥我「世界實際的運作方式」。她有一套跟無家可歸相關的訓詞。（「我只要失去工作，我們就有可能流落街頭，所以我若是你，就會放聰明點，西羅・麥克恩泰。」）有一套關於瘋子的訓詞。（「有三個加拿大人，其中一人，在一生中的某個時段，會得精神病，那有可能是雅圖拉，有可能是

我——或你。所以我要是你，就不會耍小聰明，西羅·麥克恩泰。」）她還有一套關於貧窮的訓話。（「在這個國家，每個月有三十萬兒童靠食物銀行的食物過活，有一天可能會變成三十萬零一名兒童，所以我要是你，就不會那麼貧嘴，西羅·麥克恩泰。」）

安德還有一段移民訓言，當時我猛然想起的就是那段話，或至少說，點點滴滴的想了起來。有天晚上我們去東尼土耳其烤肉店吃飯的途中，我嘲弄某個常到雅圖拉辦公室的韓國人，我甚至想不起來是什麼事了，總之安德非常光火，開始破口痛罵，她說有些父母為了賺點糊口錢，被迫留下孩子，遠至加拿大工作。說他們到一個語言不通的地方生活，有多麼艱辛。說他們有多麼容易遭受剝削，等等等等的。

接著她好像開始講述一名阿富汗男子的故事，男子在這邊的鎮上甜甜甜圈店找到一份工作，人們會跑到得來速窗口點某種店裡不賣的甜甜圈——例如鯷魚軟心捲或花椰菜丹尼酥或之類的怪東西。阿富汗人十分困惑，但他對甜甜圈又懂多少？店老闆叫他別擔心，只要把放在櫃臺後的特殊甜甜圈盒交給這些客戶就好了。老闆要阿富汗人以一打炸蘋果餅的價錢做結算，然後把客人給他的信封袋放到收銀機裡。

總之，有一天，阿富汗人不小心掉了一個盒子，盒子爆開來，他看到其中一個甜甜圈的洞裡塞了一小包毒品。他本打算報警，但老闆發現了，便說：「把藥賣出去的人一直是你，盒子上全是你的指紋。你打電話報警，警方會相信誰？是我，一名成功的加拿大商人？還是你，一個逃船的移民？去啊，你去打電話啊，我才不在乎。他們肯定會把你遣送回去，你在阿富汗牢裡一下就爛掉了，快到連自己被啥打到都搞不清

楚。」阿富汗人深感恐懼，不敢有所行動。若不是某位新員工不小心把「古柯鹼甜甜圈」捐給教會義賣茶會，只怕還會繼續好幾年。（我真希望能親眼看到。）

所以安德才會寫道See DOH-NUTZ。所以她在失蹤後，給我留了奇怪的電話留言，叫我去買一盒「特殊餡料」甜甜圈。她想告訴我，康蘇拉遇到了同樣的事情。有人陷害她，然後威脅要將她驅逐出境。我啃著指甲邊的肉刺，一邊重新推論。

好。我知道琦斯林已經有財務問題了，因為他的兩個建案都被迫停工，他需要再次動工。假設他不知怎地，發現了梅森會館有禁反言條款，若會館有個「三長兩短」，建物下的土地便會回歸他手上了。他忍不住要想，那片土地會是很棒的停車場。

可是他要如何擺脫那棟會館呢？我想，安德認為相當簡單，琦斯林只需要假裝被竊，栽贓給康蘇拉，然後勒索康蘇拉，要她在他離城時，幫他把會館燒了。

我知道這事聽起來有點誇張，但也許那正是琦斯林能夠脫身的原因。他不能冒險親自放火燒會館，也不能冒險四處探問，找人拿錢辦事，萬一別人洩密了呢？

可是逼迫康蘇拉放火有何好處？他不必付康蘇拉錢，康蘇拉太害怕了，根本不敢聲張。萬一她像大部分母親一樣，她一定會不計一切，以求再次看到自己的孩子。

完美——病態的完美。

我決定去問康蘇拉，是否被我猜對了。

第三十四章

法院監護

由法院承擔未成年孩子的監護職責

哈利法克斯的電話簿裡只有兩個姓琦斯林的人。一位住在阿爾茲街，就在我們家街角繞過去的地方（我敢打賭，他絕不叫鮑伯），一位則住在布魯明黛街。

哇咧。

聽起來就像他會住的地方。

我考慮要不要溜滑板過去敲門，可是我不能那麼做。鮑伯認得我，我不認為他會很高興再見到我這張臉。

我決定打電話給康蘇拉。我知道聽起來挺蠢，因為她不太會說英文，而我又不會講西班牙文，可是我想出了解決辦法——但願如此。

我從幸福墨西哥捲餅的廣告上學過幾個西班牙文字（當然了，還有卡通《飛毛腿岡薩雷斯》——誰說看電視會浪費時間的？）。她知道拜隆和安德的名字，而且她一定知道城堡山（Citadel Hill）在哪裡。（那是位於市中心的大雕堡，大家都知道在哪裡。）

所以我打算這麼說（而且我會說得非常非常慢）：「拜隆……安德……Mañana……城堡山…………¿Qué hora es? Uno.」

我知道mañana是「明天」，而我真的真的希望「¿Qué hora es」的意思是「幾點鐘？」，而不是「你的幸福墨西哥捲餅想要幾分熟？」，Uno應該是「一」的意思，否則還能是什麼意思？

如果一切順利的話，我第二天一點鐘，會在城堡山跟她碰面。我應

該會有充足的時間找到一部好的西英字典。

我撥了電話號碼，裝著一口破腔調。「阿囉，偶想找康蘇拉・羅迪奎茲。」

一位聽起來像西語裔的女子接電話說：「對不起，但康蘇拉已經不在這裡了。」

女人還沒開口之前，我就猜到她會說什麼了。

「阿妳能告訴偶，她在哪裡咩？」

「康蘇拉三天前肥墨西哥啦。」

「阿妳朱道她什麼俗後會回來嗎？」

「她女兒病粉重啦，琦斯林先生說康蘇拉不會肥來了。」

他當然要那麼說。

「我是新的管家，阿偶能幫什麼忙咩？」

唉，除非妳受過突擊隊訓練。

「不用了，謝謝妳。」

我掛掉電話，發現每個懷疑琦斯林是梅森會館大火幕後主使的人，很巧的都消失了。

每一個人，除了我。

這件事情越來越恐怖了。

我突然想嚎啕大哭，哭到眼睛都掉出來。上次見到安德，已經是三天前的事，我越來越難相信自己能與她重逢。我真的有點想打電話報警。

而我早該那麼做了。

現在我知道了。

但我就是打不下去。

我好替安德害怕，但更為自己害怕。萬一我現在的推論錯誤，而其實是安德打算犯法呢？她給我留了言，本來可以叫我打電話報警，至少給點暗示，但她沒有。也許她不想讓任何人找到。

但萬一我猜對，她真的被琦斯林綁架了呢？我知道答案會是什麼，說不定她已經死了。琦斯林何必留她活口？

我母親不是罪犯，就是已經死了，兩者其一。無論如何，我都會被送到寄養家庭。我認識一個住寄養家庭的孩子，他在三年中，遇到兩位很好的寄養媽媽和四個爛媽媽。我受不了那樣，我僅比當年安德流落街頭時小一歲，萬一是最糟的狀況，我也可以去當遊民。

或許我也可以吧。我從桌上拿起安德的鑰匙看著，這鑰匙是我與安德最後的聯繫了。我想像她拿著鑰匙打開門，想像她用鑰匙搔自己的頭，把鑰匙放在她的金綠色外套裡，陪著她去購物、上法庭、看電影……

我瘋了，我竟然會嫉妒一串鑰匙。

我把鑰匙扔回桌上，這時才注意到，安德有個可以在裡頭放照片的醜陋粉紅色鑰匙鍊，她挑選的照片，當然就是本人五年級的學生照了——就是那張傻不愣登，生著一對兔牙的照片（說真的，我的門牙大到彷彿正在啃琴鍵）。總之，我在放下鑰匙時，發現照片不在鍊子上了。

接著我再仔細一看，臂上的汗毛像牙刷上的毛一樣唰地豎起來。

照片還在，只是翻了面，安德在背後寫了東西。

我沒事。泊奇海。愛你，愛你，愛你。

第三十五章

暴力侵害

動用暴力和武器

我花了一整晚的時間做準備，努力思索會需要什麼。

一把刀？

撬棍？

行刑用的九節鞭？

媽呀，我在成長期間，真的打太多暴力電玩了。我以為自己是老幾？殺手嗎？我連雞都不敢殺。我只是個瘦巴巴的想方設法找母親的孩子。

或找到母親的遺體。

我現在暫時不去想那種事，我帶著以前間諜包裡的對講機，確定電池有電，然後把對講機塞進夾克裡。我拿起留在菸草盒裡的五十八點七二元和最後幾片奧利奧餅乾，一起放到口袋中。（我是正規突擊隊員，行了吧？你以為我會羞於承認打包點心，是為了在躲藏時吃嗎？）

陶朗尼小店一開門，我便進去買了兩罐汽水，然後朝公園出發。時值星期六，我知道崁多會趁滑板場人太多之前提早到。崁多雖非刀子亦非撬棍，但可以幫得上忙，更棒的是，他會願意幫忙。崁多就是那種人。

我知道自己不該跟他開口，但我非問不可，我自己一個人幹不了。

我太害怕了，希望能有人陪伴。我告訴自己，萬一出事，萬一我們必須做出不該做的事，崁多還不到十八歲，會在少年法庭受審，法官或

許會對他網開一面。想到這裡，我才不至於那麼難啟口。

看到崁多時，他剛站到滑板上，準備進滑板場。我大喊：「喂，崁多！」聲音好像比我像想的尖高了些，因為他慌忙瞥我一眼，然後發生我從未想過會在崁多身上發生的事。

他跌倒了。

重重一摔！就摔在突出的水泥地邊。

我給了他一瓶汽水，冰鎮他腫脹的眼睛，順便送上還算乾淨的衛生紙，止住他牙齒上的血。接著我把安德、拜隆、康蘇拉和大人物鮑伯・琦斯林的事一股腦兒全跟他說了，我花了好長時間解釋，崁多不停抬眼看我，好像在問，**笑梗在哪兒**？過了一會兒——差不多等我說到哈里波頓大樓時——我看出崁多已不再期待我會露出傻笑了，他明白我說的是事實。

等我說完後，他淡淡表示：「我們要怎麼去那裡？」我甚至不用開口求他。

崁多把他的滑板借給一位不怎麼認識的孩子玩一天，然後我們便去攔計程車了。

崁多也許該換掉他的T恤，至少把上面的血擦掉，因為在商城出口前面排班的計程車沒有一部願意載我們。我甚至把錢亮給他們看，還數了錢，把錢拿到燈光下，讓他們看清是真鈔，但就是沒人肯載。

我多少能夠理解，一個外表像十一歲的小鬼，和一名六呎高，有黑眼圈，嘴脣腫得像義大利香腸的冒牌惡棍，實在不像理想的乘客——可是，還是很誇張吧！

真不公平，我又不是沒錢。媽的，他們到底還想怎樣？

我越來越煩亂，試著跟其中一名司機講道理，但他只是不斷大聲對我說：「我不管，反正我不要載你們，我不載你們，不載不載。」

就在那時，我聽到有人說：「我來載，西羅。你們想去哪兒？」

我轉過身，看到雅圖拉從商城裡走出來，還有什麼事會比在這種節骨眼遇見她更糟糕的？

我正打算撒謊，說我們要去看電影，卻給大嘴巴計程車司機搶先一步：「妳會後悔的，女士。他們想大老遠跑去泊奇海！」

「我會載他們去！」雅圖拉傲然說道，擺明了不贊同司機看我們的年紀與外貌，便拒載我們。我心裡已經準備好聽她宣布說，要按加拿大權利與自由憲章中的某某條款，告他歧視了。

好處是，雅圖拉使那些運將相形之下更像個爛人，壞處是，我們得跟她在車中共度四十五分鐘。她一定會知道我們的圖謀。我編了藉口，說要去那邊健行，但我立刻知道雅圖拉起疑了。（看眉毛準沒錯。）

我在介紹崁多時，雅圖拉的疑心似乎又更重了（眉毛和嘴唇都起了反應）。她顯然聽過安德討論崁多，我承認，崁多那張摔爛的臉和染血的T恤，使他看起來很不稱頭。不過雅圖拉還是擠出笑容，去聖瑪格莉特灣的途中，不斷保持談話。

她問了很多關於安德的事，我盡可能含混其詞。「天啊，我最近很少看見她。」「噢，妳知道安德的——老是會闖禍，哈哈！」當然還有老套的「她最近真是諸事纏身哪。」我差點笑出來，我喜歡三流的雙關語，那個雙關語實在爛到不能再爛了。我的意思是，鮑伯若沒把她纏綁住，如何能讓安德這種野女生乖乖待上四天？

或更糟的是……別去想，別想，別想。

雅圖拉似乎覺得談安德的事令我很尷尬（畢竟雅圖拉剛炒她魷魚），因為她最後改變話題了。她跟我談她所有的客戶，換作是在其他時間，我一定會很有興趣聽聽看每個人想幹麼，可是那時，我滿腦子想著別的事，只是虛應著「嗯，嗯……嗯，嗯。」以及「哦，是嗎？」，直到我看到一個寫著泊奇海遊艇俱樂部的路標。「停車！」我的語氣大概有些突兀，雅圖拉猛踩煞車，車子在路上搖擺了一下。

雅圖拉說：「怎麼了？怎麼回事？你想在這裡下車?!這裡前不著村後不著店的！」

我終於勉強說服她，健走的路徑就從遊艇俱樂部的另一側開始——我覺得自己能想出這個藉口，真是冰雪聰明——我說崁多的父親會在那邊等我們。事實上，我說他會載我們回家，所以一切都很安全，她可以回去繼續購物了，哈哈！

雅圖拉把嘴巴嘟得跟鴨子一樣，我知道她不放心把我們留在那兒，可是我親吻她，謝過她，在她還未及做任何動作之前，便從車子裡衝出去了。雅圖拉「可是……可是……可是」的結巴了一會兒，最後終於放棄，開車離去。崁多和我站在路邊，像兩個小老太婆一樣朝她揮手，直

至雅圖拉消失在轉彎處。

崁多看著我問：「現在怎麼辦？」

問得好。

第三十六章

擅闖（二）

我們低頭穿過一個「禁止擅闖」的招牌下，開始沿蜿蜒的泥土路，偷偷溜到遊艇俱樂部。我們來到一大片森林中央——至少我覺得林子很大，雖然那並不表示什麼。我是個沒見過世面的都市小孩，我見過樹木最密集的地方，就是YMCA的聖誕樹苗圃。

四周安靜到匪夷所思——僅有我們踩在樹葉上的沙沙聲。聽說人們喜歡到鄉下，就是喜好這味——喜歡那種詳和與寧靜（當然了，還要品嚐一杯可口的即溶卡布奇諾）。老實告訴你，這片大自然實在令我毛骨悚然，我覺得自己就要完蛋了，就算沒被鮑伯·琦斯林逮住，只怕也會

被大熊抓走。照這裡的情形看，等有人經過，發現我們的殘骸，恐怕要好幾年以後了。

那種死法太慘了。

唯一讓我稍感寬慰的，就是想到瑪莉・麥伊薩克聽到我失蹤的消息，應該會哭吧。接著我發現，她大概會為崁多哭得更大聲吧，我的心情比之前更糟了。

繞過彎路後，遊艇俱樂部赫然出現眼前，我們兩個同時鑽進林子裡的模樣，彷彿建築物是一下子冒出來的。很烏龍的間諜，是吧？不過沒關係，還挺搞笑的，尤其抬起趴到地上的臉時，我還拉出一大塊被我吸進去的青苔。

崁多得再次給嘴巴止血，於是我開始四下探看。

NO
ENTRY

我撥開一些枝葉，掃視這片地物。遊艇俱樂部是一大棟白色鑲綠邊的舊建物，外邊環著一圈木造陽臺。水面上有一間船塢、一間釘了木板的餐廳，鋪著碎石子的停車場後方，有兩間車庫。安德有可能在其中一棟建物裡，事實上，我有點懷疑，這應該不是鮑伯・琦斯林的私人監獄，這裡出入的人太多，容易逮到他做壞事。

我會很快查明的。

按計畫，我先查看地形地物，由崁多留守把風。這裡很適合把風——他藏匿著，但仍然可以看到一切，除了靠海的那一側建物。如果他聽見有人從車道上過來，就用他的對講機警告我。萬一我發現什麼，便用我的對講機呼叫他，也許能衝回我們途中經過的加油站，找人救援，萬一遇到熊，就試著用奧利奧餅乾，將殺人熊維尼誘開。

我掏出對講機打開開關，手伸進另一個口袋拿崁多的對講機，結果差點沒昏倒。

對講機不見了。

也不在我其他的口袋裡。

不在林子裡或路上。我好想尖叫——然而在這種情況下，尖叫是很愚蠢的做法。我只好小聲的用頭撞兩次樹。

崁多搭住我的肩說，嘿，沒關係，他還是可以把風。他若看到有人過來，只要假裝在林子裡迷路，然後請他們送他回加油站就好了。那樣我就有機會在他們回來之前逃掉了。

好吧，這樣也行。

我等了一會兒，崁多大概覺得我在害怕（天呀，他怎會那樣覺

得？），因為他說，如果我願意，他可以替我去查看。我說不用了，我想自己去。畢竟安德是我媽媽，我寧可在遊艇俱樂部跟鮑伯一搏，也不想待在林子裡被熊追（最後那句話我沒說）。

我從樹林後方溜出來，衝到餐廳側邊，我背部緊貼著牆，渾身發顫。我大口喘氣，好怕自己會尿褲子，但我知道崁多正在看我，所以我得繼續前進。我躡手躡腳的走，開始在餐廳四周探看。我看不到窗子內——因為窗戶全用木板遮住了——於是我敲門低聲問：「安德！安德！妳在裡面嗎？」

她不在裡頭，至少她的狀況不容許她回答。

我以可笑的姿勢躡著腳，快速走到主建物，我盡可能不在碎石上踩出聲，可惜無效，不過我算輕巧了，小仙女也不過如此。（我不知道崁多如何忍住不笑。）

我可以看到裡頭的廚房，但其他主大樓的窗子都釘上板子了。大樓後門上了掛鎖，但我還是扯了幾下，鎖不為所動。我背貼著牆沿著陽臺走，就像電影裡演的那樣，慢慢挨到建物的左側。

我扭身回頭看崁多，表示自己要去檢查建物前側，他對我比大拇指，我點點頭，然後便繞過角落消失不見。

我甚至沒有時間尖叫。

第三十七章

綁架

違反對方意志，以不當手法逮捕並拘禁一個人

有隻手從後方摀住我的嘴，另一隻手抓住我的褲子背後，將我從地面上提起來。這時我才發現自己白痴至極的沒有帶防禦用品，其實任何東西都行。

棒球棒。

電擊槍。

或熏死人的狐臭。

甚至後空式的內褲，此時也會有幫助。請相信我，這傢伙真的超用力提著我的內褲。

我無法發出任何聲音，只能拚盡全力踢腿、揮動手臂，澈底的白費力氣。

鮑伯・琦斯林雖穿著漂亮西服，其實仍是一個不折不扣的粗壯酒保。我猜他很習慣把兩百磅重的醉鬼扔到街上，我這款九十磅的小鬼，對他來說簡直是小菜一碟。

他一直沒說話，直至將我拖進遊艇俱樂部。

「你給我聽好，小鬼，我已經跟你說過一次了：建築工地很危險。」

我用兩手把他的食指往下扳說：「你把我媽媽怎麼樣了？」

「你媽媽？」他顯然吃了一驚，接著他瞇眼看我，彷彿明白了一些事，一定是泛紅的頭髮和雀斑出賣了我。他又再度拖著我。

我們來到男生廁所，他把我的頭挾在腋下，一邊在口袋裡找鑰匙。我不知道當時我在想啥，但我可以告訴你，絕不是什麼好事。

他打開門把我扔進去。

我好害怕會一頭撞在尿斗上，因此沒注意還有誰在那兒。接著只聽安德說道：「喂，你這XXX，你什麼時候才會長大——」當她發現滑過地板的人竟然是我時，安德開始尖叫，狂吻我，同時哭了起來。

我沒聽到門又鎖上了，但門一定是上鎖了。拜隆扶我們母子站起來，康蘇拉試著給安德一些衛生紙擦臉，但她不斷把衛生紙推開。通常我也會把她推開，我長大了，不想公開表示親密，可是那時我也顧不了那麼多了，我好高興看到安德活著，而且還會幹譙別人。

我們兩人還在努力控制哭聲時，門再度開了，崁多從廁所隔間掉下來落在地上。琦斯林站在門口，一手拿槍指著我們，另一手拍掉崁多沾在他褲子上的灰塵。

「好啦！」他用瘋子般的低吼問：「你們午餐想吃什麼？」

蛤？午餐！那倒是個不錯的驚喜。

安德從地上站起來，我立馬知道她不是想幫忙張羅三明治。

「最好點派對餐。」她說，「我們這裡人很多。」她對我笑了笑，用她最甜美的聲音說：「這位ＸＸＸ的大人物，好心安排讓咱們全家團圓，是不是很好呀？」

我說：「安德……」可是安德就像一頭發動攻擊的杜賓犬，根本停不下來，我們沒有人有膽子幫她戴上口罩。她再度向琦斯林開炮。

「噢，你可真是XXX的鐵錚錚的漢子，是吧？不但打敗矮小又營養不良的清潔婦、一個每天抽兩包菸的菸槍，和一個獨臂竹竿——還擄了兩名小孩！哇塞！你真厲害！瞧瞧你拉來的這一幫人！」

我簡直無法相信。我的親生母親竟公然嘲笑本人的體格，她用力拉起我的T恤，拿手指在我的肋骨上上下下的滑動，像在彈奏某種骨製原始樂器。她裝出一口破南方腔，接著說：「唉唷，你個壯漢賊厲害嘍！把野獸都給擊倒咧？我光想著就發抖嘍！」

琦斯林的左眼皮抽動著，看得出很不爽。我拉下自己的T恤，悄聲說：「別再說了，安德！」

安德怒目瞪我一眼，彷彿我跟琦斯林是一國的。我早該料到安德不會聽話，不會講理了。這只是她大肆開罵的藉口罷了。

「不，你休想叫我住嘴！我是說真的！我受夠這傢伙高高在上的樣子了。我們全都假裝他X〇XX有多麼了不起，只因為他有一把槍。哼，X〇##XX，他是個孬種！肉腳！想用漢堡賄賂我們！讓我們裝作一切都沒有發生！是耶，鮑伯，咱們再多相處幾天，我相信咱們就會編出一堆大夥都同意的事實來了，哈哈哈你他媽的孬種！」

安德的鼻子這會兒都快貼到琦斯林的鼻子上了，我看得出琦斯林不喜歡她的口氣。「我很希望自己能說，大夥剛剛決定，要在泊奇海遊艇俱樂部的迷人男廁裡度過一個禮拜的假——可惜那不是事實，對吧，琦斯林先——生？你為了停車場，殺死一個人，你他媽的欺壓康蘇拉，逼她幫你燒毀那棟建築。當你發現我們知道你的陰謀後，你（一）把我騙到這裡；（二）綁架康蘇拉；並且（三）把拜隆的腦袋打到你他媽的開

花，將他塞進你的車子行李箱中，也把他扔到這兒。那就是我們雙方都同意的事實，就算用一千個○＃＃ＸＸＸ的大麥克也無法改變其中一個字，對吧，各位？」

每個人都在點頭。

「你若不喜歡，乾脆現在就轟掉我們的腦袋！放馬過來啊，鮑伯。當個男子漢！你有槍，有槍就用！」

所有人停止點頭，紛紛說道：「安德！安——德！！！」她是不是瘋了？我們突然慌成一團，我要是手上有襪子，一定會塞進她的大嘴巴裡。

安德放聲尖叫，拜隆試圖抓住她，康蘇拉則不斷的說：「拜託？拜託！」因為她搞不清狀況，琦斯林則拿槍朝著大家揮舞。小屋的牆面在搖動，各種聲音從天花板上彈回來，我知道不久就要出大事了。

我料得沒錯。

琦斯林抓住我的脖子，拿槍抵住我的頭。

這招奏效了。

所有人登時閉嘴。（為了安全起見，崁多摀住安德的嘴，或者他只是想讓她站穩。安德臉色瞬間刷白。）

琦斯林說：「好，我剛問過了……你們……午餐想吃什麼？康蘇拉？¿Qué quieres para el almuerzo?（你午餐吃什麼？）」

「墨西哥速食，por favor, Señor。（麻煩您了，先生。）」

「Está bien（好）。拜隆呢？」

「大份的希臘沙拉加橄欖，還要一杯綠茶。」

「安德？」

崁多悄悄把手挪開，讓她能夠回答。

「大份的培根起司漢堡跟著條。」

「臉上帶血的小鬼呢？」

「啊，跟她一樣。」

「你咧？」

頭上被人拿槍指著，害我胃口全無。

「什麼都不要。」

安德扳開崁多的手，說道：「你得吃點東西。」

我說：「我不餓。」

她說：「你得吃點東西，瞧你瘦的。」

我說：「妳別煩我行不行！我不餓。」

接著琦斯林插話了。「聽你媽媽的話，你得吃點東西。」

太荒唐了。他們其中一人拿搶指著我的頭，另一個人叫嚷著：「放馬過來，把我們的腦袋轟了！」可是兩個人竟然都在擔心我有沒有乖乖吃飯吸收營養，好像是天經地義。大人就是這樣，真不懂他們在變老的過程裡，哪個環節出錯，讓腦子壞掉了？

「好啦好啦。」我說，「我也吃起司堡好了。」

琦斯林似乎滿意了，他把我摜到地上，然後離去。

安德在他身後大呼小叫：「還有幫我弄個超大杯的可樂，你XXX〇##，X〇〇XX。」她開始用力撞門。「你聽到我說的嗎？聽到我的話了嗎，你XX〇X〇的孬種？老娘要喝可樂！」

我聽到琦斯林嘟囔著，然後沉重的腳步聲開始朝我們走來，我心想，糟糕，完蛋了，安德終於把他惹火了，他要把我們全殺了。

兩秒鐘後，廁所門再次打開，雅圖拉跌了進來。

第三十八章

非法監禁

無正當理由的拘禁一個人

雅圖拉點了一份雞肉潛艇堡（加美乃茲、番茄、辣椒加量），然後琦斯林又離開了。大夥相互介紹、親吻、擁抱及道歉之後，一起努力釐清每個人如何各自流落到釘著木板的遊艇俱樂部男廁所裡。

我們有很多時間匯整各種資訊，安德說琦斯林去買餐，至少得花一個半小時。他不希望引任起何人疑竇，因此會直接開車回城裡，到不同的地點，買每個人的餐點。這傢伙除了如何處置我們之外，一切都打點妥了。

總之，回到大家如何流落此地的主題。

各位已經知道崁多和我的情況了，所以便不再贅述。其他人的狀況稍微有點複雜。

第三十九章

供認（一）坦承有罪

雅圖拉

「都怪我，全都得怪我，我非常恥於承認這點，但卻是真的。那天琦斯林先生打電話來，說安德沒出席會議時，我以為是妳最近怠忽工作的又一事例。壓根沒想到妳可能會出事。我當時氣急敗壞，連電話都懶得打給妳，讓妳解釋。我只想到妳對『我們的朋友』失約，會對我們事務所的社會地位造成負面形象。我要是對妳還有點信任，便應該試著聯絡妳，那麼我便會發現妳不見了，就會打電話報警——今天琦斯林先生就很有可能被關進牢裡了！……」

「不，不行，安德，妳別那麼快就原諒我。我的行為甚至更惡劣，我連當面解雇妳都辦不到，而且……而且還有跟這兩個男孩的事，若非我那無聊的面子問題，他們也不至於跑到這裡……」

「我好抱歉，可是你想錯了，西羅。我載你到這裡，不是為了幫你。我開車載你們來——我再次向妳道歉，安德——是因為我不再信任你母親。我沒有考慮她辛辛苦苦將你拉拔大，只想到她這短短數週的怪異工作習慣，便斷定她是個不稱職的母親。我真的很高興能幫你解決跟那些計程車司機的爭執，親自載送你。我覺得跟可憐的安德相比，自己真是太棒了，安德現在一定坐在電視機前，整天抽菸，置唯一的兒子不管……」

「我很幸運，妳還能嘲笑這些事，安德，尤其我們現在這種處境，可惜現在我沒菸給妳。事實上，琦斯林先生可能做的一件好事，就是逼妳戒掉那個壞習慣……」

「好了，夠了！別再罵粗話了，安德！妳害我忘記我在哪裡了。噢，對了。我在商城接了兩個男孩，原本很高興自己能解救他們，但興頭過去後，我開始起疑心了。我問自己，西羅幹麼帶一大筆現金？（他一定不是在我們事務所工作賺到的。）他為何非去泊奇海不可？還有，陪他一起，還長得一臉凶相的人是誰？我再道歉一次，崁多，你真的是最可愛的年輕人，我沒有權利妄下判斷，不管你掉了幾顆牙。」

「我找不出適當的理由，賴著陪孩子們健行，最後迫於無奈，只好把他們獨自留在泊奇海的荒野裡。我惴惴不安的回到城裡，心想，這些男孩一定沒打算幹好事。我考慮躲到林子裡，就像美國電視上的《跟

蹤》，但我會良心不安。我有太多客戶的生活，就是被空穴來風的懷疑搞得悲慘兮兮的，他們總是第一個被怪罪的人，因為他們太窮、太黑、太老，或太過年輕。」

「接著我看到你的對講機了，西羅，對講機就落在我車子的地板上，我心想，啊哈！我拿到票了。我的疑慮當然不比之前少，但現在至少我有回去的理由了——我得歸還你的設備。我飛車開回泊奇海。」

「那時我壓根不知道你們可能跑去哪裡，於是我把車停到放你們下車的地方，沿著遊艇俱樂部的車道走。我緊張死了，一個人走在無人的車道上，害怕極了，我緊抓著自己唯一的武器——你的對講機。結果不小心把對講機打開了，你們不難想像，聽到琦斯林先生的聲音時，我有多驚訝——但我尚無戒心。我聽說他擁有遊艇俱樂部，以為他只是以主人身分，好心幫你們點餐。請原諒我，西羅……我猜你一定忘記關掉你的對講機了，因為我確實聽到你在說話。」

「不難想像，剛開始我真的鬆一大口氣。我竟然能找到你！我奔到遊艇俱樂部，看到琦斯林先生漂亮的綠車子停在前頭，便衝了進去。等我聽到安德吼著要ＸＸＸ的可樂時，已經太遲了。琦斯林先生揪住我的圍巾，粗暴的把我拖到男廁所。」

第四十章 供認（二）

康蘇拉（由拜隆翻譯）

「鮑伯先生說我偷了一萬塊錢，可是我沒偷一萬塊錢，連一毛錢都沒偷。他說他有證據，我會被遣送出境或去坐牢，而且永遠再也見不到我的孩子了。」

「我不知道該怎麼辦，我不想告訴任何人，我覺得好羞愧，好害怕。我在移民資源中心無意間聽到一個瓜地馬拉的男人說話，他談到他的律師雅圖拉，說她幫助所有的移民。我在放假日時，跑去雅圖拉的辦公室。我打算把一切告訴她，希望她能解決我的問題。我在她的辦公室等了一整天，快輪到我時，她卻對安德的兒子說了一些話。我聽到她說了鮑伯先生的名字，我怕極了，就立刻跑掉，再也沒回去了。」

「我又不曉得該怎麼辦，沒有人能幫我。鮑伯先生是重要人士，這裡所有人都敬愛他。這邊所有移民都好愛他，因為他會照顧大家，會做好事。這裡沒有人愛我，如果我說沒偷錢，一定不會有人相信，也不會有人相信我說這位大好人叫我去放火燒掉一棟樓。」

「我非常害怕，表示願意去做。那只是一棟骯髒的舊房子，沒有人會受傷的。鮑伯先生在隔壁的哈里波頓大樓，留下一些製毒的設備。我等晚上六點鐘，大家都離開後，偷偷溜進去。到了半夜，我按照鮑伯先生的指示，從梅森會館後邊的窗子爬進去，把設備擺到牆邊，在旁邊放報紙，倒上汽油。我點燃火柴，然後就跑掉了，心裡怕得要命。我僅回

頭看了一眼，就在那時，我看到卡爾的臉出現在樓上窗口，他直直的望著我。」

「對不起，對不起！真的非常非常對不起！我試著去救他，我很努力了，可是我個子太小，火勢太大。」

第四十一章

供認（三）

拜隆

「卡爾是我很久以前的好友，他那時狀況沒那麼糟糕，但後來精神分裂日益嚴重。你能怎麼辦？除非你能證實他們會傷害別人，否則不能逼人家吃藥，法律不允許的。大部分時間，卡爾連想都不敢想去傷害別人，他是個相當斯文的男生。可是當他腦袋裡的各種聲音開始衝著他喊叫時，就料不準他會做出什麼事了。」

「總之，那天晚上，我找遍所有他會去的地方，還是找不著他。我開始有些擔心，因為他最近舉止相當異常，我猜他又沒按時吃藥了。」

「午夜剛過，我決定去梅森會館試一試，看他是否住到那兒了。我才繞過巴靈頓街角，便嗅到一股煙味，我心想，天哪，這回卡爾又跑去哪裡，幹出什麼事了？我踹破後方的窗戶爬進去。」

「就在這時，我看到康蘇拉，她用西語尖聲叫說，樓上有個男的。她的手臂全燙傷了，哭喊著想上樓，但此時煙已太濃，連眼前的手都快看不見了。我抬頭高喊卡爾，不確定他是否有回答，因為就在那時，天花板開始坍塌了。我只得將康蘇拉拖開，在整棟會館塌掉前的兩秒鐘，才把她弄出去。」

「她的手臂灼傷嚴重，我的情形也好不到哪兒去，但我們兩個都不想去醫院。我的襯衫還挺乾淨，便掏出身上的瑞士刀，把襯衫割成繃帶，盡可能的為我們兩個包紮。聽到警笛聲時，我大概把刀子留在地上了，所以他們才會找到我的指紋。總之，我從後面巷子，把康蘇拉拖到春園路上。」

「她整個人很歇斯底里，不斷尖喊著她的寶寶、卡爾和某位她認識的先生。我不明白她在說什麼，只聽懂有人逼她做這件事。我答應幫她，便留下她的電話號碼，然後叫她盡快逃掉。」

「我躲了幾天，不知如何是好。人們知道那晚我要去梅森會館找卡爾，我還以為他們是我的朋友，可是人心難料。也許其中一人指說，是我放火燒掉會館。我不能冒險再度露臉，我不想再回多徹斯特監獄了，我已經服完刑了。」

「其實我有點想逃，但我答應康蘇拉要幫她。怎麼幫？我毫無頭緒。我只知道她需要法律協助，而我卻痛恨律師。對我來說，律師都是

人渣。在這件鳥事發生前兩三週，我發現貧窮聯盟集會上的女律師，就是八婆時，更確認了我的看法。當時我很高興她沒有看見我，我說過，一般的律師都是人渣，而我尤其不想見到八婆。」

「可是後來發生火災了，我能怎麼辦？我去找安德，心想，是該找她幫忙的時候了。」

「但安德心裡可不那麼想，她不希望我在旁邊，不想聽康蘇拉的事，而且她真的不希望我講任何關於她的新偶像，鮑伯・琦斯林的壞話……」

「他那個人實在很……安德，妳就是那樣看他的……就有！……妳有的，承認吧！……」

「好啦，對不起，你說得對，西羅。現在吵那個沒有用——尤其我說的都是對的，呵呵呵。」

「總之，你娘為了某些原因，不打算幫我，所以我只好來硬的。我花了快一個月的時間，終於逼她跟康蘇拉談話了。我們的小會議進行得還可以——至少安德願意去調查了——所以我算是盡力了。我帶康蘇拉去吃午飯，她去接琦斯林的小孩放學，然後我去海景公園健走，感覺有些開心，這是一個月來，首次嚐到些許自由。約莫五點……五點半時，我回到公寓，就在我打包行李準備離去時，有人敲門，接著燈光一滅。我到現在還不清楚哪隻大猿猴拿什麼玩意敲我的。」

第四十二章 供認（四）

安德

「看見沒，西羅？我一向叫你小心行事，就是因為這樣。小時候搞砸一次，就得用後半輩子去還……」

「不是，我的意思不是因為生了你，而毀掉我的人生，你明知道不是那樣！我的意思是，我把那個小……你知道的……呃，教堂裡的那件小事搞砸了。唉呀！別再提了。你想知道我如何來到遊艇俱樂部……」

「就像拜隆說的，他找到我，然後，呃，好吧，我承認自己並沒有立即被說服，我不相信琦斯林幹了壞事。不過我很快就想通了……」

「才沒有！……」

「你說什麼……」

「你再說一遍！……麻煩你閉嘴行不行？……」

「我要生氣了……」

「好，如果你們想聽我的故事，就叫拜隆閉嘴。」

「閉上他的……」

「X@#$XX！！」

「好，很好！」

「我是說真的。我不懂他覺得哪裡好笑。我轉念了！我人都在這裡了，不是嗎？……」

「噢，看在你他媽的份上，住嘴啦！」

「很好，多謝，庫維里爾先生。我剛才講到那兒了？噢，對了，講到你威脅我的地方。你們知道那件事嗎？這位聖人拜隆勒索我，威脅要毀掉我的人生。是真的，各位猜猜看怎麼著？他不是完人！」

「總之，他威脅我，所以我就很知情識趣的同意去公園見康蘇拉了。我聆聽她的故事，她似乎相當老實，可是——本人顯然沒有拜隆那種擅於識人的火眼金睛——我還是不免有疑慮。我的意思是，康蘇拉或許真誠，但有點瘋瘋癲癲的。這句話你可以不用翻了，拜隆？那時我無法相信琦斯林會蓄意傷害一位移民，他花了那麼多時間去幫助他們！事實上，我篤定琦斯林是無辜的，我決定去做產權調查，以茲證明。」

「不過我一看到梅森會館的禁反言條款，便立即明白康蘇拉說的是實話了。你們絕對無法相信我有多麼火大！我好不容易遇到一位有社會良心的富人，結果他竟然比我在法學院遇到的任何他媽的混蛋都更下三濫！我好想當場把那傢伙宰掉，用他自己的兩百元領帶將他勒死。現在想想，那主意倒是不壞……」

「別緊張啦！我只是在開玩笑而已。」

「算是吧……」

「總之，那天我本該跟琦斯林碰面，是固定的移民資源中心會議。我不打算跟他提任何與火災相關的事，我要等案子準備周全，再由警方對他做全盤解釋，最好是他們在為他上手銬時。這段期間，我會去開會，假裝與平時無異。」

「我先回到家裡，把檔案放進冰箱。算是我大驚小怪吧，但我這時根本無法信任琦斯林了，萬一他來搜我的公寓調查我，我也不會太訝

異，但我覺得他太笨了，應該不會想到要查看冰箱。」

「我深吸幾口氣，叫自己冷靜，勇赴我們的會議。琦斯林到阿格爾街的小咖啡館外接我，還是平時那副迷人的模樣。**安德，我好喜歡妳的香水，妳就像一縷新鮮的芳息。嘿，這外套好漂亮！**你知道的，就是那些噁心肉麻的話。我只是笑了笑，開車去移民資源中心的路上，便由他負責說話。」

「本來一切都好好的，直到他請我把兩人剛才所談，要新增的新家庭健康之屋的平面圖拿給他時。我探身到車子後座取圖，結果看到還有另一張圖，是停車場的藍圖！位址便是以前的梅森會館。」

「好吧，我知道，我是白痴，可是我實在忍不住！我當場失控。琦斯林表面上是全心為底層移民著想的大善人，同時間，卻等於在卡爾的墳地上蓋停車場。太偽善了！」

「我說，你怎麼能X〇※XX昧著良心過日子？你以為我不知道你幹了什麼事嗎？有目擊證人哪！……」

「我知道，我知道，西羅！我是個笨蛋，我應該按原本的計畫，三緘其口，可是我沒有。琦斯林說，**妳這話什麼意思？我根本不懂妳在說什麼**，然後擺出一副無辜樣。」

「太無辜了。就在那時，我有點嚇到了。我擔心自己再也見不到我們家小西羅，便極力想收回剛才的話，假裝不是故意的。我跟他說，我很抱歉，我一定是誤會了，也許只是謠言，我最近工作太累，顯然沒想清楚。」

「琦斯林笑著拍拍我的腿，表示他能理解，他也是工作過忙！琦斯

林突然想到一個絕佳點子。今天我們何不先把移民資源中心的事拋到一邊，開車兜個風？他說他在鄉下有房子，景色非常漂亮，會對我很有幫助。」

「哈！」

「我不想惹怒他，便順水推舟。我說，當然好，可是我能不能借他的手機用一下？我想讓兒子知道我可能會晚回家。我覺得琦斯林若知道我有孩子，也許會對我手軟些。如果他相信我的話，也許會吧，可惜我作為一名十四歲孩子的媽，實在過於年輕，他昨天就是那樣對我說的。他以為我為了讓他放我走，自己瞎編的。聰明人都想到一塊兒去了，嗯？」

「總之，我用他的手機打電話給你，留了一通奇怪的留言。我想溫柔老媽的留言應該會讓你起疑，但琦斯林並不會。我正想告訴你，可以撥他的號碼找我時，便被他一把搶過手機掛斷了。」

「他說，電池快沒了，不想打到沒電。」

「我努力保持冷靜，心想你收到留言時，應該會覺得有蹊蹺，等發現我沒出現，便會打電話找雅圖拉。她會知道如何處理那份檔案，會知道琦斯林涉案。我要說的是，我從沒料到你會自己設法解決問題，你這個笨蛋！……」

「我真該好好的親你。」

「我想吻多久就吻多久，你瞧？……」

「好啦好啦，西羅。天哪，如果你不希望我把口水親得到處都是，就不該那麼努力來找我。」

「反正哪，車子出城才兩分鐘，汽油的警示燈就開始嗶了。琦斯林的車快沒油了，可是他不肯停車。我猜他不想讓加油站的人看見我在他車裡，等我失蹤後，跟警方亂講話。」

「因此琦斯林繼續開車，警示燈持續嗶著，約莫嗶了二十聲後，琦斯林終於投降了，他把車子開到自助加油站。他是那種從來不流汗的人——大概是怕汗水會破壞他的高級襯衫吧——但那時他渾身大汗。那也是最教我害怕的地方，那些掛在他眉毛上的細碎汗珠。」

「當時我真該拔腿就跑，可是我沒有。我也不知道為什麼，大概是害怕吧，或擔心其實是康蘇拉撒了謊，那我就會變成他媽的大白痴了。總之我沒有逃，我能做的，就是在我的鑰匙鍊上很快寫下一句話，趁琦斯林加油時，把鑰匙扔到車窗外。我不敢相信它會及時回到你手上，我只是希望，萬一我有個三長兩短，你會知道我愛你，即使你會做出快要吐的表情。」

「總之，琦斯林還在假裝我們只是到鄉下兜風，他客氣的帶我參觀泊奇海遊艇俱樂部，最後粗魯的把我踹進男廁所，然後鎖上門。幾個小時後，康蘇拉和拜隆也進來了。我們花了兩天才讓她平靜下來，她很氣惱自己去告訴拜隆，但那不是她的錯，琦斯林嚇壞她了。」

「最初我也很害怕，可是琦斯林第一天並未殺掉我們，我覺得他並不打算下手。我告訴自己，妳得有信心。西羅會去告訴雅圖拉，雅圖拉會告訴警察，然後警察會逮捕琦斯林。我覺得我可以撐到那個時候。我絕不會讓琦斯林想揍我，連一分鐘都不會。」

「你知道我對那個男人的尊敬徹底掃地，我的意思是，所有的敬意

蕩然無存。我根本沒當他是人，甚至覺得他是很不入流的綁匪。這傢伙是魯蛇。你知道嗎，他最終會放我們走的，因為他太懦弱，幹不出別的事了。真他媽的孬！」

第四十三章

賄賂與貪汙

給予或提供對方報酬，而影響其行為

「我們打算怎麼辦？」我說。

「什麼怎麼辦？」安德問。

有時候我真的會被她搞瘋。

「現在蔥價一斤飆天價啊！」我翻著白眼說，「天哪，什麼怎麼辦！安德，我們被一個殺人瘋子鎖起來耶，阿不然妳以為我在說什麼？」

雅圖拉插話道：「西羅，你講話完全可以不必那麼酸。」安德對我吐舌頭，像個小學生。「不過我認為你提出了一個很重要的問題。」我

對安德吐舌頭，並朝空中揮拳。「我們究竟該怎麼辦？」

拜隆答道：「我覺得我們有幾項選擇。一，走出這扇門，這個我們試過了，門鎖住了，而且安德的鑷子根本無法把門撬開。」

「第二，從窗戶爬出去，那也試過了，窗子鎖死了，而且從外面釘了木板。」

「三，大夥用最大的聲量叫喊，希望某個路過的獵鹿獵人能聽得見。那也試過了，我喉嚨都啞了，不過安德似乎挺喜歡的。」

「第四，大家齊心合力把琦斯林撂倒，那點我們還沒試過。他有槍，我們沒有。以上就是咱們的選項。」

我都快抓狂了。「噢，拜託好不好！我們還有別的辦法吧！」

「是嗎？例如什麼？」拜隆問。

「呃……」我絞盡腦汁，「把門踹倒！」

「很抱歉，也試過了，要不然你以為那些凹痕是哪裡來的？」

「好啦，好啦！排水管如何！我們不能把馬桶拆掉，從汙水管爬出去嗎？」

安德說：「你先爬，西羅！」然後開始笑得跟個老酒鬼一樣。我的意思是說，我並不喜歡被狗踏過的……這麼說吧，我也不喜歡人類的排洩物，但我認為我們至少該考慮一下。

拜隆說：「就算你能長時間閉氣，汙水管也不夠粗。你沒見過汙水管嗎？」

我正想懟回去時，崁多靠過來低聲說：「拜隆說得對。」

所以我只淡淡表示：「好吧。那咱們要怎麼辦？坐在這裡，等琦斯

林崩潰後，承認他自己犯了可怕的錯嗎？」

我只想要個答案罷了。

結果卻得到了要我示範。

拜隆跳起來說：「沒錯——只是我們不能坐在這兒等。」

我和我的大嘴巴剛剛提醒了他，大夥該跳「有氧課」了——你能相信嗎？

我那天的運動量還不夠嗎？

六個困在小廁所的人，一起運動流汗，是個好主意嗎？

這地方難道還不夠臭？

我看安德也無心跳有氧。她的運動大概就是伸伸懶腰，到桌子對面拿菸灰缸而已。可是安德突然很來勁的抓住我的手臂說：「站起來，西羅！別再無病呻吟了！拜隆說得對，他坐過牢，知道如何在監獄裡生存。我們若要維持腦袋清醒，等琦斯林投降，大家就得遵守固定的作息，維護身體健康，讓身心保持強健！」

老媽又被外星人附身了，可是這個外星人看起來好凶，我不敢冒險惹她生氣。我站起來，做了拜隆示範的很蠢的伸展運動。

有氧運動唯一能讓我忍受的原因，就是每次我在做雙腿彎舉時，可以「不小心」踢中安德的屁股，感覺雖然很爽，但還不足以讓我忘記即將發生的事。無論我如何為自己加油打氣，依然禁不住的想，琦斯林就要回來幹掉我們了。我可以想像那時他就在外頭，在遊艇俱樂部周圍倒汽油，然後準備點燃火柴。

你能怪他嗎？他有什麼選擇？安德說得很清楚，她絕不收受賄賂或

被勒索，也絕不會閉口不言。如果琦斯林殺掉安德，就得除掉我們所有人，而且最好趁還沒有人發現我們失蹤之前就下手。至少，我若是他，就會這樣想。

我聽到車子開進車道的聲音，渾身一緊，剛才的伸展效果全泡湯了。當你聽到有槍的傢伙出現時，很難保持鬆軟。安德也聽到車聲了，但她只是微微笑道：「午餐來了！」一副下課鐘響，有點心可以吃的樣子。拜隆叫大家洗手。（這傢伙竟然還有這種閒心？）

我正在排隊等著吹乾手時，安德用手肘頂我說：「很高興我幫你點了東西吧？」我笑了笑，雖然笑得勉強。當時我心想，好吧，結束了，至少我們母子還在一起，這比在森林裡被熊咬死好，或好過安德一個人孤伶伶的死在這裡，而我永遠不知道她出了什麼事。

我環顧房間，崁多坐在地上盯著自己的指甲，彷彿以前從未見過自己的手指——或者說，就好像永遠再也見不到自己的手指了。在這種情況下，我猜後者的可能性更高。硬把他拖下水，害我好難受，他跟這件事一點屁關係也沒有，他只是跟平時一樣好心幫我而已，結果好心沒好報。

還有雅圖拉，都是我太蠢，才害她也來這裡。我應該撒謊，編些笨理由，叫她別載我們到泊奇海。我大可說我會暈車，或忘了關爐子，或忘了跟青少年成長診所有約診，我本來可以說點什麼的。

說什麼都行。

如果安德和我一起死，也沒啥大不了，世界照常運行。我們只有彼此，還會有誰在乎？可是崁多或雅圖拉若有個萬一，會有一堆人傷心透

頂。崁多有妹妹、爸爸和媽媽，崁多的媽媽在他老爸離開後，過得不是很好。當然了，瑪莉・麥伊薩克一定也會很傷心。而雅圖拉下有兒子，上有父母，托比、瑪姬，還有魯卡斯先生、艾默・席米曼，甚至達琳和費笛，都會很難過。大家需要她。康蘇拉有孩子在家鄉墨西哥。我不知道拜隆有什麼親人，但無所謂了，他已經為我們做得夠多了。

這件事實在爛爆了，是我這輩子遇過最爛的事。

「你眼睛裡是不是進了東西？」安德問。我答道：「沒啦，大概是被廁所消毒劑弄到眼睛吧。」

廁所門開了，琦斯林用腳把一只箱子推進來，手裡的槍一直瞄著我們。

「午餐來了，他們沒有綠茶，所以我只好幫拜隆買草本茶。」

安德抓起箱子，開始遞派食物。

「這去他媽的冷掉了！」她說，「你在外頭幹啥去了？周日開車兜風嗎？」她白了他一眼，然後繼續把午餐丟給大夥。

她打開最後一個牛皮紙袋，看是誰的午餐。我只看得到她的後腦勺，但我立即知道事情不對勁。

「這他媽什麼破玩意兒？」

我第一個念頭是，鮑伯大人一定是偷放了死老鼠漢堡給她當午餐。

安德跳起來，跟瘋婆似的開始拿袋子在琦斯林面前揮舞。

「我說，這他媽的到底啥意思？」

琦斯林極力裝酷。

「這是我最後一次給妳敬酒了，安德，別敬酒不吃吃罰酒。十萬

元，愛拿不拿隨妳，選擇權在妳。」

十萬元。

十萬元現鈔。

十萬元現鈔啊。

想到就心花怒放。

欣慰不已。

鮑伯將會收起槍枝，送我們每人一大疊錢，然後我們就都能回家了。我覺得飄飄然，彷彿絲毫沒有重量，隨時都能在男廁所裡飄遊，像太空艙裡的太空人一樣。

一個有錢的太空人。

有新滑板和名牌衣服在地球家中等著他的太空人。

安德很快就把那艘太空船打爆了。

「我們就是一直想告訴你這件事，鮑伯。此事根本沒有你他媽的商量餘地，你殺了一個人，無論你做什麼，我們都不可能忘掉。」

安德拿起那疊錢扔向琦斯林，大部分的錢砸在他頭上，但有幾張鈔票鬆脫開來，像百元芭蕾舞伶般的飄舞了幾秒鐘。

琦斯林揮掉眼前的紙鈔，然後瞪著安德，一副想殺她的樣子。

安德直勾勾的瞪回去。

我想我應該覺得很驕傲，我家老媽如此正義凜然，可是老實跟你說，我真的希望能有人出面說：「哇！哇！等一下！安德，也許琦斯林先生是有道理的。」

我環視房中，拜隆已經因為幫助別人坐過牢了，雅圖拉一輩子都在

替自己無法出面的人出頭。康蘇拉親眼看到卡爾去世，我知道她會做任何事去彌補。我把他們全排除了。

我期望崁多說點什麼，可是他此時站在拜隆旁邊，抬頭挺胸的看著安德，彷彿她就是曼德拉。我知道他跟他們是同一國的。

只剩下我了，我只要說一句，安德會宰掉我。最好讓琦斯林宰了我——至少我還能是個英雄，我真的是那麼想的，但那不是我的首選。要死如懦夫，或死如英雄？說真的，兩者我都不喜歡。

我想活命。

想去玩滑板。

至少要吻過一個女孩。

我想看成龍的新電影。

想活到能長到五呎九。

就算五呎六，五呎四，五呎三也行，我不在乎。

我只想活下去。

琦斯林說：「好吧！」我以為他會叫我們到牆邊排排站，然後把我們斃了。「我會在哈里波頓蓋個漂亮的三房公寓，那是我最後提供的條件了，我是說真的。」

安德向他踏近兩步說：「ＸＸ○Ｘ＠＃＃＄○○給我滾！！」

琦斯林臉色發紫，手指開始把玩槍枝。他的脖子前後挪動，彷彿領口突然變得過緊。

我想，這就是人家所說的「一觸即發」。

有那麼一瞬，我只能想到，安德為何從不帶我上教堂？這種時候要

是會祈禱文，倒挺好用的。

可是我半句祈禱文都不會，甚至要跟誰說都不知道，只好想點別的辦法。

我說：「琦斯林先生？」

他轉頭看我。「什麼事？」

我說：「我的手好油，打不開這包番茄醬。」

我遞出番茄醬，像是希望他幫我打開。他踏向前，琦斯林畢竟是個父親，我猜幫孩子開番茄醬是出於本能吧。他一踏入發射範圍，我便奮力用小小的錫箔包朝他一擠，番茄醬噴濺在他那件漂亮的灰西裝上。

你一定會以為我吐在他身上了，只見他往後一跳，罵道：「唉呀！髒死了！我的Prada夾克！」他垂眼看著髒掉的衣服，我乘機撲向他，把自己的一對大兔牙刺進他手裡，槍枝便飛脫了。安德七手八腳的上前搶槍。琦斯林想抓住安德，但康蘇拉的超辣辣醬直接噴進他眼裡。崁多做出滑板的豚跳動作，琦斯林便像保齡球罐一樣倒下了，當他的頭撞在拜隆等在一旁的膝蓋上時，大夥全縮起身子。

大夥在那兒站了幾秒鐘，欣賞琦斯林不省人事的魁梧身材，接著大家開始慌了起來，大概全看過太多本該死掉的壞人，卻又突然活過來開始攻擊人的電影了。

琦斯林沒醒，只是吐著舌頭躺在那兒。反正無所謂了，大家開始尖聲嚷著：「快點！快點！」以及「快走！快走！快走！」我從琦斯林的口袋抓起鑰匙，崁多用雅圖拉的圍巾綁住他的手臂。我們才剛把廁所的門鎖上，便聽到他開始呻吟了。

我們奔出去，連錢都沒拿。我們頂著肚皮拚命揮動雙臂，連康蘇拉看起來都像在爭奪金牌。

大夥擠進鮑伯的綠色BMW，安德開車載我們回哈利法克斯的警察局，時速約一百三十公里。

我這輩子沒見她這麼開心過。

第四十四章

傳訊

指控一個人犯罪

勒索。

縱火。

綁架。

企圖傷害與毆擊。

強制拘禁。

非法使用槍械。

賄賂。

我們五個人，活逮了琦斯林犯下的後面四項罪行，你大概以為琦斯

林死定了是吧？我的意思是，你還需要更多證據去證實這傢伙有罪嗎？

是啊，可惜事情沒那麼簡單。

報上淨是「梅森會館事件」的消息，有一陣子的情勢，將鮑伯定罪似乎已成定局。可是琦斯林從多倫多找來某位昂貴的律師，現在我就不那麼確定了。

這件案子要好幾年才會審理，琦斯林有許多時間準備辯護。他的律師不斷在新聞上出現，說出諸如此類的話：「琦斯林先生非常急於讓此事開庭受審，我們有十足信心，本案的實情公諸於世後，他會是完全清白無辜的。他很期待能將這場惡夢置諸腦後，全心投入他最在乎的事物——他親愛的家人與他對社群的服務。」

每次我聽到那番話就想吐。他到底是怎樣？

我們全都非法入侵他的土地嗎？

他是在自衛？

一時失控？

誤認身分？

事情發生時他剛好在夢遊？

我沒開玩笑，這些理由都有審例，你絕不會相信，人們會用什麼愚蠢的辯詞為自己脫罪。有個美國人說自己吃了太多奶油餡蛋糕，結果發了瘋。這傢伙試圖說服陪審團，他殺死人不是他的錯，是奶油餡蛋糕的問題。

這不是謊話，「奶油餡蛋糕辯護案」，網路上就有。

我可以想像大人物鮑伯的律師會想出什麼辯辭——咬死縱火一事，

是有前科的拜隆幹的。嘿！畢竟他們在會館找到布滿他指紋的瑞士刀，而且還有好幾個證人發誓他們看到拜隆當晚去了梅森會館。那招可能奏效。

推給康蘇拉嗎？誰知道？也許琦斯林會試圖翻盤，反控康蘇拉想勒索他，誣陷是他放的火。

或者大人物鮑伯會拚命討好法庭，看能否法外開恩。律師會滿心歉然的說，琦斯林先生承受巨大的財務壓力，他承認自己有些瘋狂，可是在那種情況下，誰能例外，他有那麼多員工要照顧，家中還有三個孩子和妻子，以及極為沉重的志工責任！律師會說，琦斯林從沒打算殺害任何人——他只是想擺脫一棟建物罷了。一棟空置了三年的建物，若非某些不合時宜的古蹟維護法，這建物很多年前早該拆了。律師會說建物醜陋至極，接著會鼓動一堆市民們寫來感謝他的信，謝謝他拆掉那棟難看的舊磚房。

還有，琦斯林雖然拘禁了五個人，但他很善待他們，把他們餵得妥妥的！（他甚至有各種收據可以證明。）

我不知道啦。若找到好的律師，鮑伯・琦斯林有可能脫罪，更狂的事都發生過。

我想我們只能等著瞧了。

在那之前，日子過得還挺不賴。我們在此地成了大英雄，某電影公司甚至給安德一大筆錢，要把她的一生拍成電影。這筆錢對鮑伯・琦斯林雖不算什麼，但已足夠讓安德為自己買輛舊車，為我買個新滑板，並且幫崁多裝門牙了。

她和雅圖拉攜手一起回去——聽好了——梵瑪暨麥克恩泰聯合事務所工作。她們花很多時間，讓康蘇拉免於因縱火被驅逐出境。過程挺麻煩，但沒關係，她們是律師，喜歡壓力山大，那樣才算有玩到。

拜隆在收容所找到一份正職，也有了真正的女朋友。奇怪的是，大夥在經歷那些事情後，我不確定我是否喜歡他有另一個女的。其實安德和拜隆在某些奇怪的地方還挺速配的，至少他讓她開始運動了。我若發現他就是本人的父親，也不會那麼煩心了，可惜他不是。拜隆手臂上刺的C.C.，是他父親克萊德・庫維里爾的簡寫。唉，至少我不必擔心會遺傳到他那黃鼠狼般的鬍子了。

崁多還是老樣子，裝作一副完全沒出力逮捕琦斯林的樣子，彷彿他只是順水推舟，任何人都會那麼做。崁多完全沒把它當一回事，如同他沒把那群跟隨他一舉一動的辣妹們當回事一樣。「噢，她們呢？她們一向都在這兒，她們只是喜歡看男生玩滑板而已。」最好是啦，她們為什麼不看那個口角猛流口水的男生玩滑板？

這件事爆出來時，有人在電視上看到崁多，雖然他有黑眼圈、嘴巴腫大，而且缺了門牙，但他們請他參與滑板廣告片的拍攝。崁多也沒放在心上，但他母親逼他接受邀請，我猜他們需要那筆錢。

至於我呢？我回學校了，我在玩滑板，而且我好高興瑪莉・麥伊薩克突然記住我的名字了。

——完

【後記】作者的話

我的兄弟姊妹長大後全在當律師，我嫁了一位律師，一有空便看《法律與秩序》影集，而且因為哈利法克斯警局極具效率的停車執法單位，我與他們也常有接觸。

可是我跟法律的關係也僅止於這麼多了。

這點我跟西羅頗像。我花很多時間從一旁觀察法律的世界，那個世界時而精彩，時而無聊至極（就像西羅說的，比數學課還要糟糕）。無論如何，我跟律師相處夠久了——但願如此——約略知道他們如何運作。

我接觸的是加拿大法律體系，因此把故事設在新斯科舍省，但就我所知，本書描述的規定與法律原則，在大部分英語世界國家都相同。

至少我認為如此。
也許讀者應該與你們的律師諮商。

【導讀】許建崑（兒童文學文字工作者）

翻轉人生少年時——《等價交換》暗藏的密碼

十來歲的孩子能做些什麼呢？打電玩，玩滑板，找一、兩個玩伴，建立自己的專屬王國；或者在爸、媽的呵護下，努力讀書、鍛鍊身體、補充營養，變得「頭好壯壯」，等待成為人生勝利組？

加拿大作家維姬・葛朗特可有多重構思呢！她在這本得到大獎的「青少年犯罪小說」中，創造了主人翁西羅為私生子，跟著媽媽安德到法學院的教室旁聽課程，幫媽媽服務的律師事務所跑跑腿。在混亂的人際關係中，居然憑著個人自覺而找到安頓的力量。或許有人會問，十來歲孩子怎麼有可能

去學院讀法律，而且還有能力去偵查案件呢？這就是小說嘛！通過作者的設意，來描述現實世界「不可能之可能」，尤其是科幻、推理之類的作品，哪一段情節不是無中生有？

小說人物形象也不再是正經八百，正義凜然的樣子。像西羅本來是個嘴碎的人，譏笑弱智的托比，得不到同伴崁多認同，只好默默改變態度；而這個改變，讓西羅在律師事務所工作時，和善對待客戶，反而「加分」不少。沒有一個人一輩子是「好人」，可是如果能「翻轉」自己，心向善良，努力成為「好人」，就值得我們佩服了。

西羅的媽媽十四歲時吸毒、偷錢、離家出走、未婚生子，是個問題少女。為什麼要「醜化」媽媽這個角色？因為在故事裡頭，西羅是「正面性格」的主角，也是敘述者，就需要一個「大反派」來當配角，才能產生「衝突」、「矛盾」。更何況媽媽做的「壞事」已經成為過去式，她撫養孩子，自己努力讀書，考上律師資格，在律師事務所實習，已經「翻轉」了過往。

這對母子從貧窮困頓的環境裡，努力「翻轉」，令人敬佩。但是呢？突然有個斷臂中年人拜隆闖入他們的世界，媽媽又氣又鬧，也趕不走他，是怎麼回事？

有犯罪前科剛從監獄出來的拜隆，如果是西羅的爸爸，要怎麼辦呢？接著，媽媽忘記與客戶會談，被老闆炒魷魚，又沒有回家。西羅翻遍抽屜、冰箱，找到些微的金錢和食物，也填不飽肚皮；他必須從拜隆被通緝的新聞報導中找線索，四處探訪「真相」，再去圖書館閱讀「歷史紀錄」，還要從媽媽筆記本裡的「縮寫密碼」，去發掘祕密。事情漸漸明朗，西羅找好友崁多幫忙，要去拯救媽媽。這才發現，所有的關係人都跌進建商琦斯林所設的陷

阱。到底要怎樣「翻轉」，才能脫困呢？這要看西羅的真智慧了。

成人犯罪小說的型態，有本格派、社會派之別。本格派注重偵查案件的邏輯推理；而社會派則主張對社會黑暗面的揭發。維姬為少年朋友寫作，要避免血淋淋的場景描寫，但也不能失去偵查辦案時「翻轉」的樂趣；她所描述的故事裡，有貧窮線下的移民生活，古蹟被惡意縱火來圖利建商炒地皮，以及法院辦案不問是非黑白等問題，也有檢討「社會制度」的意圖。加上，她必須夾入少年成長啟蒙、家庭倫理等元素，自然有相當的難度。

不過，最大的特點是，她讓讀者保有閱讀犯罪小說的樂趣，同時也要帶領年輕朋友去認識「法律詞語」。在我們的生活中，無處不與「法律」相關；只有熟知「法律」，在不斷被「翻轉」的社會中，才能保障自己的身家安危。

【推薦】陳宇安（巴毛律師法律晚自習頻道主持人）

法律入門從小說開始

初翻開這本書的文稿的時候，我被目錄滿滿的法律專業詞彙嚇到，包含刑法、民法、訴訟法甚至商法，我心想出版社不是跟我說這是一本少年推理小說？怎麼看起來根本是一本英美法詞彙大全？是不是搞錯了？抱著疑惑的心情一頁一頁的看下去，發現作者將主角西羅的身分安排成「法學院學生」及「律師事務所員工」的小孩，讓西羅可以陪媽媽在法學院伴讀以及在事務所打工，藉此讓西羅近距離接觸到法律知識以及訴訟實務，用十四歲小孩的角度，從旁觀察「法律的世界」去詮釋這些「其實非常深奧難懂」的法律

名詞。且故事的推展也十分引人入勝，陌生男子入住家中，隨後母親莫名失蹤，西羅開始運用手邊的線索，要找回母親並找出事實的真相。作者巧妙的將故事情節發展跟法律名詞結合在一起，艱澀難懂的法律名詞變成故事情節的「關鍵字」，讓讀者不但可以了解法律名詞的意思，也能更融入故事。

我大概是國中二年級的時候開始對「當律師」這件事產生興趣，但當時給國中生看的法律入門書籍實在非常少，頂多就是一些政府宣導的「法律故事」，如果當年有這本書，我應該會看得非常開心。

這本書除了是一本推理小書，同時也能提起孩子對法律的興趣，至於故事情節我就不多說了，留著讓大家自己慢慢品味囉！

國家圖書館出版品預行編目資料

少年偵探法律事件簿. 1, 等價交換 / 維姬.葛朗特(Vicki Grant)著；
柯清心譯. -- 初版. -- 臺北市：幼獅, 2020.07
面；　公分. -- (小說館；29)
譯自：Quid pro quo.

ISBN 978-986-449-195-7(平裝)

885.357　　　　　　　　　　109006811

・小說館029・

少年偵探法律事件簿1：等價交換Quid Pro Quo

作　　者＝維姬・葛朗特Vicki Grant
譯　　者＝柯清心
出 版 者＝幼獅文化事業股份有限公司
發 行 人＝李鍾桂
總 經 理＝王華金
總 編 輯＝林碧琪
主　　編＝沈怡汝
編　　輯＝白宜平
美術編輯＝李祥銘
總 公 司＝(10045)臺北市重慶南路1段66-1號3樓
電　　話＝(02)2311-2832
傳　　真＝(02)2311-5368
郵政劃撥＝00033368

印　刷＝崇寶彩藝印刷股份有限公司
定　價＝300元
港　幣＝100元
初　版＝2020.07
二　刷＝2022.07
書　號＝ 987252

幼獅樂讀網
http://www.youth.com.tw
幼獅購物網
http://shopping.youth.com.tw
e-mail:customer@youth.com.tw

行政院新聞局核准登記證局版臺業字第0143號